Günther Birkenfeld

Dritter Hof links

Günther Birkenfeld

Dritter Hof links

Roman

Mit einem Nachwort von Erhard Schütz

Quintus

Der vorliegende Text basiert auf der 1929 im Bruno Cassirer Verlag, Berlin, erschienenen Erstausgabe des Romans. Die Eigenheiten der Orthografie und Grammatik des Originals wurden weitestgehend beibehalten.

1. Auflage 2023

Binzstraße 19, 13189 Berlin
www.quintus-verlag.de

Einbandgestaltung: Oda Ruthe, Braunschweig
Einbandmotiv: Gustav Wunderwald, *Am Wedding*, Öl auf Leinwand, 1926/27, Nationalgalerie, Staatliche Museen zu Berlin Preußischer Kulturbesitz,
Foto: Jörg P. Anders / CC BY-NC-SA
Satz und Gestaltung: Ralph Gabriel, Berlin
Druck und Bindung: Finidr, s.r.o., Český Těšín

ISBN 978-3-96982-063-6

Die Kinder der großen Stadt feiern das Erntefest in den Schrebergärten der Vororte. Windräder schnurren rundum und kleine Mühlen auf hohen Stangen. Viele Fahnen werfen sich bunt vor dem satten Blau des Himmels, Papiergirlanden schaukeln zwischen dem kräftigen Grün der Obstbäume und über den Fruchthecken. Ein lustiger weißer Wirbel ist das Haschen der Kleinen, auf ihre Scheitel fallen Schatten von den Tellern der Sonnenblumen.

Die größeren Mädchen spielen bald mit den Kleinen, bald gehen sie beiseite, Arm in Arm, tuscheln und kichern.

Schwarzers Lenchen geht mit Lotti, ihrer Freundin, von der sie eingeladen wurde zu dem Sommerfest. Zu fein ist das hier bei euch! Und Lenchen macht aus dem Arm der Freundin einen Sprung über den Goldlack, dass ihr kurzer roter Kattunrock sich wirft und die grauen Ränder der Hemdhose zu sehen sind. Ich möchte öfter hierherkommen und mit euch Kaffee trinken. Die Freundin bleibt vor dem Krimsenramler stehen und zupft an den Blättern. Lenchen tut ihr leid, weil ihr Vater gestorben und die Mutter eine arme Frau ist. Aber sie stinkt nach Schmutz, sagen die Eltern von Lotti Scholz. Und wie unsauber ihr Haar immer ist und in lauter Stufen geschnitten! Nur weil heut Erntefest ist und Lotti zuletzt geweint hat, haben die Eltern Scholz schließlich erlaubt, dass Lenchen mitkommen durfte.

Die bemerkt, dass Paul, ihr Bruder, drüben im Halbkreis der Burschen jetzt das Luftgewehr an die Wange drückt. Richtig wie ein Indianer sieht er da aus, nicht?, meint die Schwester zu der Freundin. Paul hat so schöne schwarze Augen. Und sein Haar ist ganz weich, wie bei einer Katze.

Der Bruder gibt das Luftgewehr aus der Hand und zieht fröhlich die gestreiften Hosen, die blank sind und unten zerfranst, unter dem Leibriemen hoch. Sein rotgefiederter Metallstift steckt im Zentrum, er ist der Schützenkönig! Die Kameraden rufen dufte! und schlagen ihm auf die Schulter, doch mehr, weil der Schützenkönig gefeiert werden muss denn aus Herzlichkeit.

Lenchen rupft eine Aster aus, läuft zu Paul hinüber und steckt sie ihm in das Knopfloch seiner Joppe, reckt sich dann noch mehr und küsst ihn stürmisch auf die Wange. Hojeh, unser Paul ist Schützenkönig! Was bekommst du denn nun zur Belohnung?

Noch einen Kuss!, ruft der Bruder übermütig. Er hebt die Schwester auf und wirbelt sie, als wäre sie noch ein kleines Gör, zwei-, dreimal rundum. Die Kameraden blicken unter das Kreisen des Rocks und stoßen sich an.

In einer Laube wird ein Trommelwirbel geschlagen, von einer andern schmettert ein Waldhorn. Also auf zu Kaffee und Kuchen! Paul fasst die Schwester unter den Arm und geht mit ihr den Jungen und Mädels voran. Unser Lenchen ist Schützenkönigin! Hinten die stecken die Köpfe zusammen, ulken und mucken. Paul Schwarzer gibt nicht darauf acht. Er ist wirklich voller Freude. Die Kameraden schießen oft mit dem Luftgewehr, er, der hier Gast ist wie die Schwester, hat es heute zum ersten Mal in Händen gehabt und als Einziger ins Schwarze getroffen. Diesen Sieg empfindet Paul als eine freundliche Genugtuung für manche Stunde, da er als der Geduldete, der Arbeitslose zurückstehen musste.

Inmitten eines Rosenrondells steht Prokurist Krüger, der Vorsitzende des Laubenvereins. Er heftet dem

Schützenkönig eine silberne Münze an den Rock und seine Tochter drückt Lenchen den Kranz in das Haar.

An der Festtafel sitzen die Geschwister zwischen Herrn Krüger und seiner Tochter. Als die Ersten bekommen sie Kaffee und Kuchen und so viel sie haben wollen. Lenchen packt, nachdem sie selbst wirklich nicht mehr essen kann, den Rest des Kuchentellers, der vor ihr steht, in eine Papierserviette. Strafende Augen haften von allen Seiten auf den schmalen Händen, die vom Spielen ganz erdig sind. Was soll denn das?, raunt Paul und will der Schwester das Paket unter dem Tisch abnehmen. Lenchen hält es zur Seite und wirft den Kopf zurück: Das kriegt Muttern, bäh! – Paul wird rot und schlägt die Augen nieder, die eben noch unbekümmerten Frohsinn spiegelten.

Gegen Abend rücken schwarze und lavagraue Gewitterwolken auf. In der Ferne brummelt es schon. Man trägt alles in die Lauben und marschiert im Zug zur Stadt zurück, voran die Jungen mit den Trommeln und Querpfeifen, dann die Kleinen mit bunten Papierlaternen, die im anschwellenden Vorwind des Gewitters angstvoll flackern, hinter ihnen in Rudeln die Burschen und die Mädchen und zuletzt die Eltern in steifer Behäbigkeit und viele der Mütter mit Kinderwagen. Eine gespenstische Prozession ist das, des sterbenden Sommers, schon rechts und links umragt von der öden Starrheit der Mietskasernen und darüber das bleierne Band des Himmels. Die Gaslaternen brennen noch nicht. Nur der rote und gelbe und grüne Schein der Papierlampen ist da, doch der erlischt nun auch nach und nach. Bald ist auch das Singen der Kleinen nicht mehr zu hören, das Rasen der Autos, die von außerhalb kommen und vor dem Unwetter flüchten, und das Schellen der Straßenbahnen überlärmt alles in dem großen Straßenzug, in den man jetzt eingeschwenkt ist. Das nüchterne Milchrot der Bogenlampen entkleidet den Spuk des Erntefestzugs, das Hasten der vielen Passanten zerstreut ihn.

Paul und Lenchen gehen still miteinander. Der Junge fühlt sich weh bei dieser Heimkehr aus den fröhlichen Gärten in den dumpfen, brausenden Gewitterabend der großen Stadt. Lenchen hält das Kuchenpaket steif im nackten Arm.

Sie biegen in eine Seitenstraße ein und in andere, die immer dunkler werden und in denen immer mehr Kinder kreischend auf dem Fahrdamm spielen. Aus den offenen Kneipentüren bellen Grammophone und hallt Gegröle. Leute sitzen auf Holzstühlen vor ihren Ladentüren oder auf eisernen Balkonkäfigen. Sie erquicken sich an der Kühle, die jetzt weht. Das Gewitter ist entfernter niedergegangen.

Die Geschwister lenken in eine schwarze Durchfahrt ein, von deren Wänden Kalk in rissigen Scheiben bröckelt. Lenchen hält inne und rührt den Bruder am Arm. Was ist denn nu wieder los? – Du musst wohl den Leuten nur ja immer zu verstehen geben, dass wir arme Schlucker sind, was?, sagt Paul und blickt in das Gesicht der Schwester, das der grünliche Schimmer einer Straßenlaterne aus dem Finstern löst. Eben lachte sie noch keck und drehte sich ein wenig in den Hüften, jetzt duckt sie sich vor seinen harten Augen und ihre Stimme kommt kleiner: Aber ich habe doch nur an Muttern gedacht! Meinst du, die will nicht auch mal was Feineres haben als immer nur Brot mit Margarine? Streuselkuchen ist doch ihr Schönstes. Die Augen der Schwester glänzen wieder in ihrem tiefen Braun, ihr Antlitz blüht auf in einem Lächeln, das schelmische Unbefangenheit, aber auch Selbstgefälligkeit sein kann. Immer möchte der Bruder vor diesem Lächeln jäh in Zorn geraten und immer muss er dann innehalten, ja gut zu Lenchen sein.

Weiter gehen sie über einen engen Hofschacht, in dem es faulig riecht von den Müllkästen, dann wieder durch eine Torfahrt und über den zweiten Hof. Vom dritten walzt Leierkastengeorgel, schallt Ausgelassenheit unter den Lichtern von Lampions. Lenchen läuft voran, das Kuchenpaket in des Bruders Arm drückend. Hojeh, da feiern sie noch.

Der dritte Hof ist nach hinten zu offen, durch einen Bretterzaun mit einigem Gebüsch davor vom Hof des gegenüberliegenden Häuserblocks getrennt. Hier kann man ungestört das Erntefest fortsetzen. Die Lampions baumeln an Drähten, die von der Teppichstange zu den Fensterkreuzen der Parterrewohnungen gezogen sind. Darunter tanzen Kinder und Erwachsene rund um den Leierkasten. Der Gastwirt Franz vorn von der Straße hat ein Fass Bier gestiftet. Viele sind schon angetrunken, fahren durcheinander und werden zärtlich zu den Weibern.

Lenchen tanzt mit Oskar Gellert, der auch draußen im Garten war. Sie ist die Ausgelassenste, jauchzt und klatscht, wenn der Krüppel am Leierkasten einmal aussetzt. Geschmeidig lehnt sie sich zurück im Arm ihres Tänzers und so, dass ihre Knie sich zwischen seine schreitenden Beine schieben.

Paul fühlt eine Beklemmung auf der Brust, er zwingt sich, die Schwester nicht zu sehen, blickt auf, von Fenster zu Fenster. In fast allen ist Licht hinter den weißen

Einsatzgardinen. Viele stehen offen. Die alten Leute schauen, auf Polster gelehnt, hinunter auf das Treiben. Doch mittendrin, im ersten Stock, sind zwei Fenster leer von Schwärze und ohne Gardinen. Im rechten ist das obere Feld durch eine Pappe ersetzt. Und hinter dem linken ist jetzt ein blasses Gesicht, von den Lampions mit einem schwachen Rosa überhaucht. Die Mutter! Sie nickt dem Sohne zu.

Paul steigt zu ihr hinauf über die Treppen, von denen viele Füße jahraus, jahrein alle Farbe abgetreten haben. Die Mutter ist schon im Mantel des Vaters, in dem sie zu schlafen pflegt. Der Sohn hat ihre großen dunklen Augen, nur dass die ihren tief in Höhlen liegen. Doch kennen sie die Kinder nicht anders als von stiller Heiterkeit erfüllt.

Nun, Paulchen, war es nett? Ihr seid doch nicht ins Gewitter gekommen?

Paul, der in der Tür stehen bleibt, schüttelt den Kopf. Nein. Aber Schützenkönig bin ich geworden. Sieh mal hier, die Medaille, ich glaub, das ist sogar Silber, was? Da sind der Hans und der Oskar mal stille geworden. Und das hier hat dir Lenchen eingepackt, Kuchen.

Das ist doch mal ein gutes Mädel! Dann hol sie man rauf, sie wird müde sein. Und den Kuchen essen wir dann alle drei vor dem Schlafengehen.

Wie Paul wieder auf den Hof kommt, sieht er die Schwester nicht gleich. Dann findet er sie vor den Büschen. Oskar Gellert hält sie umschlungen und küsst sie auf den Hals. Das Mädchen hat den Kopf so weit zurückgebogen, dass ihr der Kranz aus dem Haar gefallen ist.

Dem Bruder ballt sich die Hand. Abermals wird ihm der Atem gewürgt. Dann ist er neben den beiden und ruft: Auseinander ihr! Die zwei beachten ihn nicht. Paul stößt Oskar vor die Brust und im nächsten Augenblick schlagen die Burschen aufeinander ein, bis Oskar mit Blut im Gesicht gegen die Teppichstange taumelt.

Die auf dem Hof drängen sich um die drei, lachen und schelten. Oskars Vater baut sich vor Paul hin und redet sich mächtig in Zorn: Strolch, Lump, du! Wie kannst du dich unterstehn, den Oskar blutig zu schlagen, he? Verdien du erstmal selbst so viel Wochengeld, nichtsnutziger Tagedieb! Sowat frisst der Mutter nur den letzten Kanten weg und wagt, sich hier solche Frechheiten herauszunehmen!

Die Nachbarn stimmen Herrn Gellert zu. Er ist hier der Hauswirt, schon darum muss man ihm Recht geben.

Paul schiebt die Hände in die Taschen, verzieht die Lippen, als wollte er pfeifen, und entgegnet: Sie haben's ja wohl nötig, mir meine Arbeitslosigkeit aufzutischen! In der Parteiversammlung, da bejammern sie uns arme, geschundene Proletarier, dass es nur so 'ne Art hat, aber wehe, wenn Mutter am Ersten die Miete nicht parat hat, wenn Sie die mit Ihrer ewigen dicken Zigarre kassieren kommen! – Unbekümmert um das Gebrüll des Hauswirts geht Paul durch den keifenden Haufen, der sich nun auf einmal gegen Herrn Gellert ereifert: Recht hat er, der Paule! Den Nagel jenau aufn Kopp jetroffen hat er!

Auf der Treppe fasst Paul die Schwester am Gelenk: Kein Wort zur Mutter, verstanden!

Die Witwe hat nichts bemerkt. Gerstenkaffee hat sie derweil gekocht, der dampft jetzt in den Tassen um den Kuchen. Die Kinder setzen sich zu ihr an den Küchentisch.

Jetzt wollen wir's uns aber schmecken lassen! Die Mutter lacht ihr hohes, von Heiserkeit immer etwas ersticktes Lachen. Schade, dass unsere Erna nicht dabei ist.

Hat Klappert sie wieder abgeholt?, fragt Paul und mahlt den Kuchen zwischen den Zähnen.

Hm. Sie wollten heute zu den „Zelten“.

Der Herr Postassistent wird sie nun wohl bald heiraten, was? Des Sohnes Stimme klingt jetzt schroff.

Die Mutter trinkt kleine Schlucke vom Kaffee und schleckt Streuselkrümel von den Daumen. Lass sie sich doch amüsieren, Paulchen. Die ganze Woche sitzt sie in dem Büro, da kann sie doch sonntags mal zum Vergnügen gehen.

Vergnügen ... na gut. Ich meine nur, die Erna verdient jetzt ein schönes Geld, da könnte sie dir schon ein paar Groschen abgeben. Statt alles mit dem Kerl zu verjuxen!

Du hast nun mal was gegen den Klappert, beruhigt die Mutter, schon am Spülbecken beschäftigt.

Ich würde auch nichts abgeben, ruft Lenchen plötzlich. Wenn man so alt ist wie die Erna, braucht man sein Geld eben alleine. Für schöne Kleider und Schmuck und Lackschuhe und einen neuen Hut und noch so allerhand.

Du mit deinen fünfzehn Jahren musst das ja wissen! Der Bruder lacht abschätzig.

Weiß ich auch, ganz genau sogar! Du mit deinen siebzehn brauchst dir man ja nichts einbilden! Wie soll denn die Erna sonst an den Mann kommen, was, wenn sie keine schicken Sachen nicht hat? Du denkst wohl, so 'n Postassistent geht mit 'nem Scheuerweib auf den Schwof?

Paul steht auf und sieht die Schwester so an, dass sie an das vorhin auf dem Hof erinnert wird. Lenchen wird wieder leise, doch kann sie diese Worte nicht zurückhalten: Verdien doch du selbst erstmal was! Den ganzen Tag döst du herum, liest deine Schmöker oder spielst Schafskopf bei Franzen!

Paul wird dunkel vor Zorn. Doch ist mehr verzweifelte Bitterkeit in seiner Stimme: Dann geh du doch mal und sieh, ob du eine Stelle für mich findest. Wo sie überall entlassen und selbst die Gelernten brotlos herumlungern und stempeln gehen.

Nun lasst gut sein, Kinder! Jetzt ist Schlafenszeit, sagt die Mutter und zündet in der Stube das Gaslicht an.

Die drei Kinder haben ein jedes ihr eigenes Bett mit Matratze und Decken. Die Witwe schläft auf einer Matratze auf dem Fußboden. Sonst sind nur noch vier Stühle, ein Tisch und ein altersmürber Mahagonischrank für die Kleider im Raum. Alles andere musste seit dem Tode des Vaters nach und nach zur Auktion oder zum Leihamt gebracht werden.

Paul, der sein Lager gegenüber dem Fenster hat, sieht noch lange auf zur Decke, die der Widerschein der Lampions drunten rötet. Im Hof feiern sie noch immer, johlen und grölen. Der Leierkasten orgelt unaufhörlich.

Der Junge liegt noch wach, wie die ältere Schwester gegen drei Uhr nach Hause kommt. Achtlos schließt sie laut die Tür und tappt gähnend zu ihrem Lager hinten an der Längswand.

Der Bruder sieht, dass ihr Haar verwirrt ist und der Brusthalter vorn herabhängt. Im Bett richtet sich Erna noch einmal auf, zischelt etwas wie: Ein Gestank ist in dem Stall!, und fällt dann zurück und bald in festen Schlaf.

Paul muss an Lenchen denken, wie sie sich zurücklehnte im Arm Oskar Gellerts und ihre Knie zwischen die seinen schob. Dann wiederum sieht er Erna, den Brusthalter, der quer herabhing, und die ganze weiße Nacktheit der Schwester, das runde Fleisch überall. Die Männer bleiben auf der Straße stehen, drehen sich nach ihr um und murmeln etwas von tollen Hüften und Fesseln und: Ein süßer Käfer! oder so.

Es ist gut, die Trostlosigkeit des Abends vor diesen Bildern heimlicher Lust zu vergessen. Sie staut sich in dem Übermüdeten gleich der Gewitterschwüle am Nachmittag in den Gärten, flackert auf und strömt in die Glieder wie glühendes Blei, betäubt das Hirn. Der Junge fühlt das Geschlecht wachsen zwischen seinen Händen, die allein noch frostig sind. Er erschöpft es und ist dann schnell in Schlaf gerafft.

Die Witwe Schwarzer versieht an den Wochentagen zwei Aufwartungen im Westen der Stadt und an den Sonnabenden eine Fabrikreinigung. Dreimal in der Woche geht sie zu Rechnungsrat Hasselbach. Das ist ihre liebste Stelle, weil sie dann den ganzen Weg von Moabit durch den Tiergarten nehmen kann. Sie steht früher auf, schon um sechs, um recht langsam gehen und auf einer Bank ausruhen zu können. Nie benutzt sie die Bahn. Und immer, wie das Wetter auch sein mag, trägt sie das kurze schwarze Jäckchen mit den Puffärmeln und unter der Achsel den Regenschirm. Die Zugstiefel ihres Mannes verleihen ihrem Gang unbeholfene Schwere, wie das bei Matrosen ist, wenn sie nach langer Fahrt wieder auf festes Land kommen.

Die Frau Rechnungsrat hält sich oft darüber auf, dass die Witwe stets ohne Hut geht. Da sie doch, als Rendantentochter, aus halbwegs gutem Hause stammt und wissen sollte, was sich gehört. Sie spricht und benimmt sich doch sonst ganz gebildet.

Aber Frau Schwarzer!, erregt sich die Rechnungsrätin, nun regnet es so und Sie kommen wieder mit bloßem Kopf! Ihre Augen haften halb belustigt, halb verächtlich auf dem zierlich geflochtenen Dutt, der hoch über den mausgrauen Strähnen thront, die der Witwe nass um die Schläfen kleben. Mutter Schwarzer hat wieder ihr Mohrenkrönchen! nennt das der junge Herr Hasselbach, der Jura studiert und darum die Dinge treffend zu bezeichnen versteht.

Doch die Witwe: Lassen Sie man, Frau Rat, das erfrischt den ganzen Menschen!

Ja, sie ist immer heiteren Sinns, die hagere und leicht gebückte Frau, deren Antlitz von Sorgen so abgezehrt wurde, dass Nase und Kinn ganz spitz hervorspringen und über dem breiten Mund an den Eindruck eines Sperbers erinnern. Die guten Tage ihrer Ehe mit Gustav Schwarzer, der ein flottes kleines Steinmetzgeschäft betrieb, bis er zu trinken begann und dann der Krieg kam, rechtfertigen in ihrem Herzen die Demütigungen des Elends, die sie jetzt täglich erfährt.

Der Morgen nach dem Erntefest schwimmt in glasklarem Licht über dem Tiergarten, der feierlich ist von Stille. Die Stämme der Bäume sind so feuchtschwarz nach dem Gewitter, dass man es zu riechen meint, und ihr Laub so saftgrün wie im Frühling. So ein wenig schräg geneigt tappt die Witwe in den schweren Stiefeln über die dämmerhellen Kieswege und lauscht dem Pirol und den vielen Drosseln. Dann sitzt sie auf ihrer Lieblingsbank und denkt an die Kinder, die noch fest schliefen, als sie ging. Paul sah wieder so blass aus, und dass Lenchen nur ja die Margarine nicht vergisst und das Mus! Der Kaufmann Lutz wird ihr wohl noch einmal anschreiben. – Doch jetzt schaut sie den Reitern nach, die gleichmäßig in den Sätteln federnd an ihr vorübergaloppieren. Das ist ein so lustiges Bild. Die kleine Witwe muss lachen und leise hopp hopp! rufen. Sie winkt den Reitern nach, unbekümmert darüber, ob die nun ihren Gruß beachten oder nicht.

Später pflückt sie von einem Beet eine Herbstzeitlose und steckt sie vorn an ihr Jackett. Ein Aufseher kommt hinzu und redet streng mit ihr. Die Witwe sagt begütigend: Ich will die Blume dem jungen Fräulein Hasselbach schenken, damit sie das Bild ihres Liebsten schmücken kann. Es steht auf ihrem kleinen weißen Schreibtisch. Da wird es wohl bald eine Verlobung geben. Damit geht sie von dem Aufseher fort, und weil der nichts zu erwidern weiß, spießt er verärgert Papier auf seine Stockspitze.

Bei Hasselbachs gibt es immer viel und schwere Arbeit. Ein Mädchen ist nicht da. Die Rechnungsrats müssen sich sehr einrichten, denkt die Witwe, wo doch der junge Herr studiert und Fräulein Lilly bald heiraten will. So nimmt sie keinen Pfennig mehr an als ihr zusteht. Nur das Essen, das übrig geblieben ist oder den Herrschaften nicht geschmeckt hat, trägt sie am Abend im grauen Emailletopf nach Hause und wärmt es den Kindern. Paul und Lenchen rechnen damit, warten sehnlich darauf. Schrecklich ist es der Witwe, wenn sie ohne den Topf in die Küche treten und die Enttäuschung der Kinder sehen muss. Dann zögert sie auf dem Heimweg und langt oft erst so spät an, dass die beiden vor Hunger über dem Küchentisch eingeschlafen sind.

Die Sonne rückt schon in den Mittag. Die Geschwister liegen noch auf ihren Betten und lesen in abgegriffenen Heften, auf denen bunt ein abenteuerliches Titelbild ist. Sie haben nichts zu versehen und nichts zu versäumen. Paul läuft nur jeden Tag einige neue Straßenzüge ab und fragt in den Werkstätten, ob nicht ein Schlosserlehrling gebraucht wird. Mit der Zeit ist ihm das stete knappe Nein! und unwirsche Kopfschütteln so sehr zur Qual geworden, dass er sich elend fühlt, wenn er daran denkt, dass heute da und da nachzufragen ist. So geht er immer später auf diesen Leidensweg, betäubt den Widerwillen und das schlechte Gewissen durch Schlafen und Lesen.

Lenchen findet den Tag grässlich langweilig. Erst mit Beginn der Dämmerung wird er für sie lebenswert. So lange faulenzt sie herum. Selten sprechen die Geschwister miteinander, häufiger geschieht es, dass sie sich zanken. Doch zumeist ist Lenchen in der Küche und macht sich schön. Sie reckt sich dann vor dem Bleispiegel, der über dem Spülbecken hängt, und malt sich mit angekohlten Hölzchen die Brauen, die Lider und die Augenwinkel an, schnippelt darauf an dem kurzen Haar herum, kämmt es eifrig und bindet die rote Schleife da und dort hinein. Dabei spricht sie viel mit sich, etwa so: Wenn einer zuerst von der Seite rankommt, muss die Schleife natürlich über dem Ohr sein. Aber über welchem? Na, jeder Kavalier überholt doch links. Also so. Aber nu werden doch die meisten Verhältnisse von hinten angebandelt? Ich geh so vor mich hin und dreh sachte den Podex, und da merk ich mit einem Mal, dass mich einer verfolgt. Die Sache kann ja gut werden, denke ich und laufe immer schneller, nur ein Glück, dass du die Schleife heut hinten hast. Gar so schnell rennen werd ich ja nicht, denn am Ende muss er doch neben mir sein und mich anflüstern. Was die dann wohl immer so sagen, die Männer, das möcht ich schon lange wissen. Muss ich Paul mal fragen.

In der Stube hockt sie sich auf Pauls Bettrand und schlenkert mit den Füßen. Paul? – Na?, fragt der und liest weiter. – Du, ich möchte nur mal wissen, ob du schon mal hinter einer her gewesen bist, so auf der Straße? – Hinter einer? Ha, hinter einem Dutzend mindestens! – Mensch, wer das glaubt! Na, dann erzähl mir doch mal, was sagst du denn da so? – Was ich sage? Fräulein, Ihr rechter Hacken ist hinter dem linken. Oder: Fräulein, wie viel Kilometer pro Stunde schaffen Sie in diesem Tempo?

Lenchen wird ärgerlich, sie lässt sich nicht zum Besten haben. Sie geht wieder in die Küche.

Paul steht auf, zieht sich an. Wie er gehen will, um seine Stellungsuche anzutreten, ruft die Schwester hinter ihm drein: Also, du willst es mir nicht sagen? Schön, dann geh ich eben auf die Straße und lass mich anhauchen. Da werd ich's ja wissen.

Paul kommt zurück. Das wirst du wohl bleiben lassen!

Lenchen gleitet im Bogen an ihm vorbei. Nu grade nicht! Auf die Friedrichstraße werd ich gehen. Wie man die Hüften dreht und mal rechts, mal links die Augen schmeißt, hab ich den Mädels schon abgesehen. Und die Schleife bind ich oben auf den Kopp, damit sie nur ja alle sehen, bäh!

Damit will sie in den Flur wischen. Paul ist hinter ihr und bringt sie in die Stube zurück, drückt sie auf ihre Bettstatt nieder. Ich muss mit dir mal ernst reden, Lenchen. Über das gestern Abend haben wir auch noch nicht gesprochen.

Die Schwester sieht gegen die Decke und dreht die Daumen umeinander. Immer leg los, ich hör nischt.

Paul versucht es im Guten. Lenchen, wir haben uns doch oft so schön verstanden. Und fünfzehn Jahre bist du auch erst grade. Etwas mehr habe ich doch schon ins Leben gerochen. Du kannst mir ruhig mal zuhören.

Das Mädchen lehnt sich zurück an die Wand und beginnt zu summen, dabei zieht sie den Rock rauf und runter. – Paul, jetzt weiß ich aber 'nen feinen Beruf für dich. Pastor musst du werden! Die können auch schmusen, bis einem schwindlig wird.

Der Junge verliert jetzt die Geduld. Halt endlich die Klappe!, herrscht er die Schwester an. Ich sage dir jetzt, was mal gesagt werden muss, und damit gut. Nachher kannst du ja meinetwegen hingehen und verkommen in Dreck und Elend. Also, du weißt, dass wir arme Schlucker sind. Mutter schindet sich ab, aber mit meiner Rente zusammen reicht es grade für die Miete und das Gas. Wir müssen uns alle darauf einrichten, dass so bald kein Geld in die Lade kommt. Nun ist das mit der Armut eine verteufelte Sache. Wenn du nicht die Ohren steifst und deinen Stolz behältst, geht es rutsch, bergab! Ich habe jetzt eine ganze Zeit mitangesehen, wie du es so treibst. Du hast da was gehört von Mädchen, die sich verkaufen, und denkst, das wäre ein Weg, um bequem zu Geld und hier aus dem Elend herauszukommen. Aber da irrst du dich mächtig! Stell dir nur vor, was das heißt, jeden Tag einen andern Mann liebhaben zu müssen. Aber oft kommt auch gar keiner, eine ganze Woche hindurch nicht. Dann sitzt du da und saugst an den Pfoten! Und was wird später aus dir? Gelernt hast du nichts, und anständige Leute wollen auch nichts mit dir zu schaffen haben. Dann kannst du Streichhölzer verkaufen oder Wartefrau im Rondell spielen. Wenn du nicht im Siechenhaus liegst. In der Lehre hab ich ja kaum was anderes gehört als solche Geschichten. Ich kann dir sagen. Also überleg dir's noch mal. Vielleicht versuchst du lieber, dir als Kindermädchen oder Stütze ein paar Mark zu verdienen?

Kindermädchen! Mensch, Paule, bei dir piepsts ja! Eher spring ich in den Kanal. Das tu ich überhaupt bald, pass nur auf! Ich hab das alles hier gründlich satt! – Sie weint.

Das rührt den Bruder nun wieder. Er streicht über ihr Haar und klopft tröstend auf ihre Schulter.

Plötzlich fährt Lenchen hoch und wirft sich zu ihm herum. Hass ist in ihren Zügen. – Weg mit die Finger! Ich will mit dir nichts zu schaffen haben! Du … du bist ja nur eifersüchtig! Du willst mich ja nur für dich behalten! Was sind denn das immer für Augen, mit die du mich anstarrst! Aber ich danke bestens für solch einen Kavalier. Mit ausgefransten Hosen und immer nur im Bett liegen und an den Nägeln knabbern. Lieber geh ich doch aufn Strich und such mir 'nen schicken Freund.

Der Junge hebt kurz den Arm, als wollte er die Schwester schlagen, lässt ihn dann aber fallen und tritt zurück. Sein Blick ist stumpf und haftet auf dem Boden. Wie kannst du nur sowas sagen, Lenchen?

Na, warum hast du denn sonst den Oskar blutig geschlagen, he?

Weil ich es nicht mehr ertragen konnte, dich so nah dem Wege zu sehen, von dem ich eben sprach.

Lügner! – Die Schwester ist dicht vor ihm, misst ihn verächtlich von oben bis unten und speit ihm ins Gesicht.

Paul vergisst sich, packt den Stuhl, der vor ihm steht, und schleudert ihn mit einem Schrei auf. Doch die Schwester ist bereits draußen. Noch von der Treppe ist ihr Gelächter zu hören.

Das schneidet durch des Bruders Gefühl. Reglos steht er mitten im Zimmer. Dann sinkt er auf den Stuhl, den er eben im Zorn erhob, und presst die Wangen zwischen die Fäuste. Das Furchtbare ist, dass sie recht hat. Aber immer zwischen Erna und Lenchen in der gleichen Stube. Da muss man ja verrückt werden! Die Augen werden ihm feucht. Unwillig presst er die Handrücken gegen die Tränen und geht hinunter in die Kneipe.

Hans und Wilhelm sind schon da und würfeln. Sie sind arbeitslos wie Paul, nur dass sie diesen Zustand eher angenehm als peinigend empfinden und keine Schritte unternehmen, ihn zu ändern. Man kann schlafen und herumstreunen, ganz nach Belieben. Jeden Sonnabend nimmt man seine Arbeitslosenrente in Empfang, so wie ein feiner Herr, der sich seine Pension holt. Das, wofür die Rente nicht ausreicht, kann man sich mit einiger Gewandtheit leicht bei den Straßenhändlern, Obstständen und an den Postschaltern besorgen. Ein müheloses und ganz einträgliches Gewerbe ist das. Wozu sich abschinden, wenn das Geld auf der Straße liegt? Man muss nur Finger haben, es zu finden.

Die drei spielen nun Schafskopf. Hans und Wilhelm sind unwirsch, dass sie ohne Geld spielen müssen, weil Paul keins hat.

Du mit deine dämliche Hochnäsigkeit!, schimpft Hans, warum machst du's nicht wie wir? Wenn de immerzu nur in deinem Kaff herumlungerst, werden dir niemals die Tauben ins Maul fliegen.

Nee, du passt schon jar nich in die Welt, Paule, meint Wilhelm. Du bist mir schon mal ’n Huhn!

Paul entgegnet nichts, spielt ohne Lust und Aufmerksamkeit und verliert ständig. So lange, bis die beiden Kollegen wütend die Karten hinschmeißen und ihn sitzen lassen.

Der Gastwirt tritt hinter den Burschen und legt seine Pranke auf dessen Schulter. Da is schon wat dran, wat die beeden sagen tun. Menschenskind, sei doch nicht so ’n Frosch! Wenn die reichen Leute uns Proleten hungern lassen, denn zeig ihnen doch, wat ’ne Harke is! Nimm, wo du wat kriejen kannst!

Paul schüttelt den Kopf.

Ick hab da so ’n kleenet Jeschäft, sagt der Wirt leiser und näher an des Jungen Ohr, so ’n hübschen schwarzen Zwischenhandel, vastehste? Da könnt ick janz jut einen jebrauchen, der nachts mal ’n Paket wegbringt. Und Jastwirt Franz lässt sich nich lumpen, det weeßt de ja woll. Nu, also?

Paul steht auf. Nee, ich danke. Mach man lieber dein Jeschäft mit dem Hans und dem Wilhelm. Die verstehn sich besser auf sowas. Atschöh!

Er geht nun auf die Stellungsuche, müde, gleichgültig. Er sagt schon vorher atschöh, noch bevor man abweisend die Köpfe schüttelt.

Ganz leer setzt er sich auf eine Bank am Kanal, drückt die Unterarme gegen den Magen, weil ihn hungert, und blickt nieder auf die Quadrate, in denen Kinder hin- und herspringen. Im untersten steht, ungelenk mit dem Hacken eingescharrt: Hölle. Und über den Quadraten wölbt sich ein Bogen, der Himmel.

Du passt nicht in die Welt, hatte Wilhelm gesagt.

Nein, wahrhaftig nicht. Ihm fehlt die Geschmeidigkeit, so lange geduldig hin- und herzuspringen, bis man in seinen Himmel kommt.

Lenchen schlendert indessen mit einer ungnädigen Miene durch die Straßen, in denen die Sonne brüht. Der helle Tag ist nun einmal nicht ihr Geschmack. Da kommt niemand Interessantes, und wenn schon, dann in geschäftiger Eile. Der Asphalt auf dem Fahrdamm ist weich wie Wachs von der Hitze. Lenchen stampft kräftig ihren Fuß hinein, dass die Sohlen sich abzeichnen. Das ist noch mal eine Beschäftigung! Vielleicht müssen wegen dieser Stiefeleindrücke einige Arbeitslose eingestellt werden, die den ganzen Damm mit dem Bohrer sprengen, neu unterbauen und teeren. Dann hätte sie sogar ein gutes Werk verrichtet. Mit diesen Gedanken kommt sie auf Paul. Ihr wird etwas flau, wenn sie an den Auftritt vorhin denkt. Paul hat es immer gut mit ihr gemeint, er ist überhaupt ein guter Kerl. Aber er soll sein leidiges Predigen lassen! Kindermädchen! Pah! Wo alles sich amüsiert und mit einem reichen Freunde nach Paris fährt. Ob Paul mich denn wirklich liebt? Lenchen fühlt, dass diese Vorstellung ihr schmeichelt, und verweilt darum gern bei ihr. Das mit der Eifersucht und dem Oskar ist mir doch nur so herausgefahren, weil er mich geärgert hatte und ich ihn wieder ärgern musste. Hübsch ist ja der Paul, stramm! Lenchen sieht jetzt den Bruder, wie er nach dem Aufstehen ans Spülbecken geht, nur mit der Hose bekleidet, und sich das Wasser um den Körper schlägt. Der hat vielleicht Muskeln! Warum wird er eigentlich nicht Boxer? Boxer sind mein Typ. So die straffe weiße Hose und die Bullenmuskeln ganz nass von

Schweiß. Ich werde ihm das mal sagen, dass er Boxer werden soll. Dann denkt sie viel darüber nach, ob Paul wirklich schon ein Dutzend Mädchen kennt oder auch nur eine. Was er mit der wohl gemacht hat? Sie kennt die Ausdrücke, von Freundinnen und auch von Erna, doch kann sie sich nichts dabei vorstellen. Zu gemein, dass einem das keiner richtig erklärt. Ob denn das mit den Nutten nun wirklich so ist, wie Paul sagt? Ich finde, sie sehen alle sehr schön und elegant aus. Wenn ich von Muttern mal wieder ein paar Groschen bekomme, kaufe ich mir Schminke. Die Damen in den feinen Autos und solche beim Film sind alle wunderbar geschminkt. Damit schafft man's. Wenn einen keiner aufklärt, muss man eben selbst zusehn, wie weit man kommt.

Ganz beschäftigt mit diesen Überlegungen, bleibt Lenchen lange vor den Drogerien und Friseurläden stehen, dann auch vor denen mit Schmuck und Wäsche und Kleidern. Sie stellt sich aus den schönsten Sachen der verschiedenen Auslagen eine fabelhafte Abendtoilette zusammen und trägt den Kopf schon so, als ob sie das schwarze Kapotthütchen über dem Ohrwinkel fühlte, und hält die Arme in graziöser Schwebe, damit nur ja alle das glitzernde Goldlamée bewundern können, das ihr in tiefen Ausschnitten von den Achseln hängt. So balanciert sie über dem Rinnstein entlang wie auf hohen Stöckelschuhen, vorbei am Geschäft des Kaufmanns Lutz, der ihr Margarine und Zwetschgenmus gutschreiben sollte.

Ein Herr gerät von ungefähr mit der Diva Lenchen Schwarzer in Berührung. Verletzt zischelt die Diva: Mein Herr, was unterstehn Sie sich!, und ergreift die Flucht in das Durcheinander der Passanten, überzeugt, dass der Herr ihr folgen wird. Verrechnet! Vergebens wartet sie an der nächsten Ecke und stampft erzürnt mit dem Fuß auf. Alberne Gans! Und Lutzen hab ich auch vergessen.

Nur gut, dass die Mutter spät am Abend mit dem grauen Emailletopf heimkommt. Paul und Lenchen haben, mürrisch und müde vor Hunger, auf sie gewartet. Pferdebohnen sind in dem Topf und etwas Schweinekamm. Die Kinder schlingen das kaum gewärmte Essen so hastig hinunter, dass ihnen übel wird und sie sich hinlegen müssen.

Erna hat derweil ihre belegten Brote verzehrt. Jeden Abend bringt sie sich ein Viertel gemischten Aufschnitt mit. Den vertilgt sie allein und mit gutem Behagen. Nicht einmal die Pellen bleiben übrig. Die Mutter trinkt nur etwas Kaffee. Sie hat bei Hasselbachs Stullen und Weißkäse bekommen.

Erna ist überhaupt ein Mensch ganz für sich und wirkt wie eine Fremde zwischen der Mutter und den jüngeren Geschwistern. Sie ist blond, hat grünlich-blaue, leere Augen und herbe, wie mit einem Schnitzmesser geschnittene Züge. Und während Lenchen zierlich und Paul zwar stämmig, doch dabei hager ist, hat die ältere Schwester eine große, kräftige Figur, schon zu füllig für ihre zwanzig Jahre. Kegelförmig nach außen niederfallend und mit knospenrunden Spitzen zeichnen sich ihre Brüste, deren Ansatz tief ist, unter der dünnen Seidenbluse.

Erna fletscht die Reste des Aufschnitts aus den Zähnen, verschränkt die Arme über dem Küchentisch und holt mehrmals Luft, so als ob sie etwas sagen wollte, schweigt dann aber doch.

Noch nicht müde?, fragt die Mutter und macht sich an dem Waschtrog zu schaffen.

Kann ich meine Bluse bis Donnerstag haben? Die mit den Spitzenmanschetten?

Bin schon dabei, nickt die Mutter. Wenn es so schön bleibt, kann ich sie morgen Abend plätten.

Donnerstag ist Ball. Vom Verein der Postangestellten NW 87. Neue Strümpfe müsste ich ja auch noch haben. Aber ich kann Max nicht ewig anbetteln.

Die Witwe geht an ihr Jackett und kommt mit einem kleinen Tuchbeutel an den Küchentisch. Ich habe heute vier Mark bekommen. Da hast du zwei.

Was kauf ich mir dafür? Das reicht ja nicht mal für billigste Kunstseide!

Die Finger der Mutter zögern für einen Augenblick in dem Beutelchen. Dann legt sie noch eine Mark hinzu.

So, sagt Erna und steckt das Geld in ihre Handtasche. Und nun muss ich dir noch was sagen. Ich kriege nun ein Kind.

Die Mutter kehrt sich vom Waschtrog zu ihr um: Wann denn, Ernchen?

Na, in sechs Monaten wird's wohl so weit sein.

Ja, du hast ja schon vor längerer Zeit öfter gebrochen und schlecht ausgesehen. Ich dachte mir gleich, dass es sowas ist. Könnt ihr bis dahin nicht heiraten?

Die Tochter schweigt eine Weile. Um ihren Mund sind böse Falten. Ich habe mit Klappert noch nie vom Heiraten gesprochen. Sein Vater ist Rendant. He, nu ja, feine Leute. Die suchen sich ihre Schwiegertochter hübsch allein aus. Auf so eine wie mich werden sie wohl nicht verfallen. Was bring ich denn mit? Vater Maurer, tot, Mutter Aufwartefrau, Bruder arbeitslos. He, Stube und Küche. Dritter Hof links. Max schneidet ja jedes Mal Gesichter, wenn er mich hier abholen kommt. Und seine Eltern haben noch nie daran gedacht, mich einzuladen. Die wissen ja gar nichts von mir. Sowas wie ich ist grade gut genug fürs Hotel in der Münzstraße!

Was sagt denn Max? Freut er sich, dass du nun ein Kind von ihm erwartest?

Der? Der darf das gar nicht wissen. Dann ist's aus mit der großen Liebe! Dann gibt's einen Fußtritt. Solche Herren wollen ja nur ihr Vergnügen. Das andere überlassen sie freundlichst uns.

Nun sei nur gut, Ernchen, begütigt mit heiserer Stimme die Mutter, während sie auf dem Wellblech seift und reibt. Du musst dann also hier niederkommen. Lenchen kann dich ja schön versorgen.

Hier niederkommen? Das fehlte ja noch grade! Wo denn hier? Wenn du mir das vielleicht sagen willst! Und 'ne Fünfzehnjährige zur Hebamme? Das ist ja gradezu strafbar, das wäre ja 'ne schöne Wirtschaft!

Schrei doch nur nicht so, Erna. Die Kinder werden ja wach. Also, ich kann ja dann ein paar Tage zu Hause bleiben und alles besorgen. Und Paul und Lenchen schlafen solange in der Küche. So macht sich das sehr gut. Und jetzt geh du nur schlafen. Du brauchst jetzt viel Ruhe.

Schwerfällig steht die Tochter auf, wünscht gähnend gute Nacht und schleift in die Stube. Die Mutter bleibt über den Waschtrog gebückt, reibt die Stücke auf dem Wellblech und taucht sie in die schäumende Lake. Hin und wieder hebt sie eine Strähne aus der Stirn.

Paul sitzt am Küchentisch und hält ein kleines, schwarzgerahmtes Bild in Händen. Es ist ein klarer Sonntagmorgen im späten August.

Heute ist Vater ein Jahr tot, sagt Paul zur Mutter und

betrachtet die Züge des Verstorbenen unter der feldgrauen Mütze. Erna hat seine Augen und die harten Linien.

Der Vater starb an den Folgen einer Gasvergiftung aus dem Kriege. Der Sohn sieht die Mutter am Bett des Kranken sitzen – es ist jenes, in dem Paul jetzt schläft – und des Sterbenden Hände halten. Paul musste damals noch mit Lenchen eine Matratze teilen. Eng aneinandergedrückt lagen sie da und sahen angstvoll in des Vaters Gesicht, das kraftlos zur Seite gefallen war. Lenchen, das Kinn auf des Bruders Schulter pressend, zitterte heftig und fragte immer wieder: Was ist denn nun, muss Vater jetzt sterben? Bis Paul seine Hand auf ihren Mund legte. Noch einmal hoben sich zuckend des Vaters Lider. Tränen quollen einzeln unter ihnen hervor. Ein leerer Blick irrte hin und her in dem Raum und blieb dann auf der Mutter haften, die ganz ruhig auf den Scheidenden niederblickte. Martha, kam es dann mühsam, warum muss ich euch denn alleine lassen? Was wird denn jetzt aus euch allen? – Die Mutter strich leicht an seiner Wange herunter und sagte: Nun schlaf du nur ruhig ein, Vater. Bald sind alle Schmerzen und Sorgen hinter dir. Ganz leicht wird dir dann. Und einmal sehen wir uns drüben munter wieder. Vielleicht als Schmetterlinge, was? Ich denke oft, dass wir nachher bunte Schmetterlinge werden. – Dann war noch eine Bewegung auf dem Kissen gewesen wie ein Nicken, dann blieb es still. In diese Stille hinein – es war unterdes späte Nacht geworden – kam Erna, etwas aufgelöst und hitzig von einem Ausflug mit Klappert. Damals hatten die beiden sich eben kennengelernt.

Sollen wir heute nicht mal zu Vaters Grab fahren?, fragt Paul.

Lass unsern Vater nur ruhen, meint die Mutter, der liegt so schön unter den Zypressen und dem Efeu. Da könnten wir ihn nur stören mit unsern lauten Stimmen und Sorgen. Aber ich denke, wir fahren vielleicht hinaus nach Tegelort, ins „Tivoli". Da ging Vater ja immer so gerne hin. Vor zwei Jahren um diese Zeit waren wir das letzte Mal zusammen draußen. Da hat Vater mit dir eine Burg gebaut und darauf aus nassem Sand den Kopf vom Turnvater Jahn geformt. Er war ja so geschickt.

So fahren sie denn am frühen Vormittag mit der Straßenbahn nach Tegelort, die Mutter, Paul und Lenchen. Erna ist am Sonnabend spät nach Hause gekommen und schläft noch.

Das „Tivoli" ist ein Volksbad mit Restaurationsbetrieb am Heiligensee. Schon von Weitem sieht man das wirbelnde Durcheinander der nackten Glieder und Körper. Erst bei näherer Sicht drängen sich das Rot und Schwarz und Grün und alle Farbigkeiten der Trikots und Badehosen vor. Ein Luftrad dreht sich langsam. Die nackten Menschen in den gelben Gondeln schweben vor dem Blau des Himmels wie die Götter früher Zeiten. Gedudel der Leierkästen, Schmettern des Blechgrammophons aus der Bude des Bademeisters und Quaken der Lautsprecher liegt breit über dem summenden Gebrause der vielen hundert Stimmen. Die Karren mit Eis und die mit Limonade und Früchten sind mit ihren blau-weiß gestreiften Plandächern ruhende Inseln in diesem Jahrmarkt der Farben, Stimmen und Gebärden.

Lenchen watet in ihrem plauschigen Badehemd bis zu den Knien im See. Sie beginnt sich mit einem Jungen zu spritzen, der schon ganz rot gebrannt ist. Im nächsten Augenblick balgen sie sich plantschend.

Paul turnt am Reck. Die dreieckige Badehose ist ihm zu knapp geworden, sie schnürt das Fleisch, sodass die Muskeln hart hervorspringen.

Die Mutter sitzt im Sande, den Regenschirm gegen die pralle Sonne gestellt. Sie freut sich mit all der lärmenden Ausgelassenheit ringsumher.

Paul schnellt von der Reckstange und läuft zu der Schwester. Komm!, ruft er sie, ich will dir's Schwimmen lehren. Lenchen hört nicht. Unermüdlich balgt sie sich mit dem Jungen, der so auffallend hellblondes Haar hat. Wie Ottern rollen die beiden im Wasser geschmeidig umeinander.

Paul wiederholt seinen Zuruf. Lenchen trennt sich nur schwer von dem Gespielen. Er ist so schön blond und stark. Und es ist so süß, den nackten Leib eines Jungen zu fühlen. Gerade, dass er nass ist und kalt, ist so erregend, dieses Gleiten der festen Formen um den eigenen Körper. Doch schwimmen lernen ist auch eine Sache! So auf des Bruders Hand, die bald unter dem Magen und bald unter den Brüsten liegt! Willig spannt sie Arme, und Beine auseinander und führt sie wieder zusammen, ganz wie Paul es ihr ansagt.

Eine Dame steht neben den beiden, in kurzer schwarzer Hose, weißem Lackgürtel und schwarz-weiß gewürfeltem Trikothemd. Lässig raucht sie eine Zigarette, unverwandt auf Paul niederblickend, der etwas tiefer steht und über Lenchen gebeugt.

Wie der Junge einmal aufsieht, ist ein Zwinkern in den Augen der Dame. Sie kommt etwas näher und fragt: Können Sie gut schwimmen?

O ja, erwidert Paul und ist über diese Anrede so verwundert, dass er nicht mehr an Lenchen denkt und sich ganz aufrichtet. Die Schwester schwappt unter, strampelt und findet endlich auf die Füße. Sie hustet und schleimt und zetert im Rücken des Bruders, der sie gar nicht mehr beachtet.

Ich suche einen Partner, der mit mir zum andern Ufer schwimmt, sagt die Dame, von der Paul nicht weiß, ob sie das nun ist oder ein Mädchen oder was eigentlich? Aber sie muss wohl doch eine vornehme Dame sein, denn sie trägt viele blitzende Ringe und um den Oberarm eine goldene Spange.

Geh zur Mutter! Du bist lange genug im Wasser gewesen, verweist Paul die Schwester, die sich noch immer nicht erholt hat. Und zu der Fremden: Also schön, es kann losgehn!

Hoppla, nicht so stürmisch! Erst die Zigarette. Die Dame lacht, wiegt sich von einem Bein auf das andere und sieht hinter Lenchen drein, die vertrotzt davonstapft. Sind das Pumphosen, was die Kleine da anhat?

Paul blickt auf das unförmige, zusammengeflickte Badehemd der Schwester, wird rot und schweigt trotzig.

Also los!, ruft die Fremde, wirft sich voraus ins Wasser und crawlt schäumend davon.

Paul hat Mühe, ihr einigermaßen zu folgen. Doch in der Mitte des Sees wird die Dame gemütlicher, legt sich auf den Rücken und stößt sich nur noch mit den Beinen weiter. Gleichmäßig schwimmt der Junge auf der Brust neben ihr dahin.

Die Fremde sieht ihn wieder unverwandt von der Seite an. Paul fühlt das und blickt nun auch mehrfach flüchtig in ihr Gesicht. Sie hat sehr klare, hellblaue Augen.

Der Mund ist breit, mit vollen Lippen. Überhaupt ist ihr Gesicht etwas massig und von Sommersprossen gesprenkelt. Aber beim Lachen sind da zwei Winkel in den Wangen, in denen drängt sich ein so freundlicher Übermut.

Wie alt sind Sie?, fragt die Fremde.

Siebzehn.

Sie sehen älter aus.

Und Sie?, fragt Paul und macht einen kräftigen Stoß, um an ihrer Seite zu bleiben.

Da, jetzt sind wieder die lustigen Winkel in ihren Wangen. Die Dame amüsiert sich so sehr, dass ihr ganzer glatter Leib im Wasser schüttert.

Paul stimmt in ihre Heiterkeit ein, so heftig, dass er kaum noch schwimmen kann und Stiche unter den Achselhöhlen spürt.

Die Dame hält inne mit der Fröhlichkeit und betrachtet das Profil des Jungen in schelmischer Lauer. Kühn rückt seine Nase bei jedem Stoß nach oben und voraus über den Spiegel des Sees.

Nun denn, weil Sie mich so treu begleiten, will ich es Ihnen verraten: Ich bin genau so alt wie mein Mann.

Die Nase des Jungen ist für einen Nu unter dem Wasser. Überhaupt schwimmt er jetzt schlecht. Das Kinn furcht die Fläche und die Hacken schlagen mitunter in die Luft.

Zum Glück wird es seichter. Man kann schon stehen. Mit hangelnden Armen und blau angelaufen im Gesicht arbeitet sich der Bursche ans Ufer. Dort setzt er sich sofort und ohne die Fremde zu beachten in den Sand.

Die Frau kommt gemächlich auf ihn zu. Das lange Schwimmen scheint ihr nichts ausgemacht zu haben.

Breit baut sie sich vor ihrem Partner auf, reißt die schwarze, helmförmige Gummikappe ab und schüttelt die Tropfen herunter. Dumm, dass wir jetzt keine Zigarette haben.

Paul blickt durch ihre Beine, die ihm wulstig und fett dünken, auf die sonnenweiße Fläche des Sees.

So angestrengt, mein Freund?

Nein, gar nicht.

Was ist Ihnen denn sonst in die Krone gefahren, hm?

Paul beginnt mit einem Hölzchen im Sande zu malen. Ihm unbewusst werden es Quadrate und darüber ein Bogen. Badet Ihr Mann denn nicht auch?, fragt er nach einer Weile, das Kinn auf die hochgezogenen Knie stützend.

Ach so! Wieder lacht die Dame leichthin. Das also bedrückt Sie! Ja, mein Mann badet sehr gern, er ist sogar ein passionierter Schwimmer. Aber jetzt ist er verreist, in der Schweiz.

Paul bohrt das Holzstück bald in dieses, bald in jenes Quadrat. O, das ist ein sehr unterhaltsames Spiel. Viele Stunden kann man sich damit beschäftigen. Wenn nur die Hand nicht so zittern wollte. Das kommt natürlich von dem vielen Schwimmen.

Frieren Sie?, fragt die Frau und hockt sich neben ihn auf den Grasabsatz. In dem Ton ihrer Frage ist etwas Mütterliches. Ich hätte Sie wohl doch lieber nicht zu diesem Ausflug verführen sollen? – Sie sieht seinen abgezehrten Körper, beim Einatmen faltet sich die Haut tief zwischen die Rippen. Und wie hager seine Beine sind. Zu albern, sie muss an den Jochanaan in der „Salome" denken. Frieren Sie wirklich nicht?, fragt sie noch einmal, da Paul nur kurz den Kopf geschüttelt hat.

Etwas unterhaltsamer könnten Sie schon sein!, beklagt sich die Dame gutmütig. Wie heißen Sie denn eigentlich? Paul gibt Auskunft, auch auf ihre weiteren Erkundigungen nach seiner Familie und seiner Tätigkeit.

Die Dame mustert wieder sein rassiges Profil. Sie sagt: Tja, so ist das, im Badekostüm gibt es keine Klassen und Stände mehr. Da gilt nur noch eins: schön oder hässlich. Sie gefallen mir, Sie sind ein hübscher Junge, Paul!

Fragend schaut der in ihre Augen, ungewisses Misstrauen wechselt wie Schatten über seine Züge. Plötzlich fragt er barsch: Was wollen Sie eigentlich von so einem wie mir?

Die Dame lacht nur, streckt sich in den heißen Sand, schiebt die Träger von den Achseln und lockert den weißen Gürtel.

Der Junge beobachtet das ruhige Auf und Nieder ihrer Brust und wie der Unterleib sich schwellend spannt und dann wieder in hohle Ebene zurückfällt.

Was ihn jetzt überwältigt ist nicht der Körper des Weibes, den er oft schon nackt sah an Erna und Lenchen. Nein, es ist dieser gleichmäßige Wechsel des atmenden Leibes. Der Siebzehnjährige empfindet das als etwas Feierliches und dann als eine fremde, übermannende Gewalt. Die ein Tier sein könnte, das mit seinem steten Blick das Opfer in die Pranken zwingt, dem vor Furcht der Puls stockt und dem es doch eine Lust ist, gepackt zu werden.

Wie ist das eigentlich hier?, fragt die Frau mit geschlossenen Augen und einer Mücke wehrend.

Es ist eine Halbinsel, sagt Paul und fügt leise, ohne eine bestimmte Absicht, hinzu: Hierher kommt niemand. Der Weg führt hinten durch den Wald. Wir haben hier oft als Kinder Räuber und Indianer gespielt.

Sie gehörten wohl immer zu den Indianern, was?

Paul sieht, dass die Dame an etwas denkt, was sie belustigt.

Nein, eigentlich nicht. Ich war immer der Anführer der Räuber.

Jetzt wird sein Handgelenk umklammert, ungestüm und hitzig. Also so einer bist du! Da muss man wohl Angst vor dir haben?

Paul schlägt ein Lachen an, das missglückt. Es sollte rau und drohend sein, die Dame sollte sich wirklich vor ihm fürchten. Aber die Hand an seinem Gelenk erregt ihn so sehr, dass nur ein blechernes Hähä! daraus wird. Dass die Frau mit einem Mal Du zu ihm gesagt hat, ist ihm gar nicht bewusst geworden.

Und wie die Fremde jetzt mit etwas flackernder Stimme meint: Du kannst ruhig näher heranrücken ..., ist er plötzlich über ihr, wie ein Tier von Beutelust durchfiebert. Tief krallen sich seine Nägel in die Schultern der Frau.

Räuberhäuptling! Kleiner wilder Prolet!, kreischt die lachend auf und schlägt nach ihm.

Ihre spielerische Abwehr treibt den Jungen vollends in hellen, angrifflüsternen Zorn. Er balgt sich mit ihr wie mit einer geschmeidigen, strampelnden Katze, reißt mit irren Händen den Trikot herauf und herunter, johlt und küsst ihren zuckenden Leib. Stöhnend reißt die Frau seinen Kopf hoch und saugt seine wühlenden Lippen tief in die ihren, saugt mit der schlagenden Zunge alle müde Schwere aus seinem Bewusstsein.

Wie er sich später schmal neben die Frau bettet, meint er, befreit zu sein von dem, was bisher der Mensch Paul Schwarzer war.

Der sengende Brand des frühen Nachmittags weckt die Schlummernden. Kurz richtet die Dame sich auf, ordnet mit unwilligen Bewegungen ihr Badekostüm und sagt schroff: Also jetzt zurück!

Paul fühlt so frohen Dank gegen diese Frau, dass er die Kälte nicht spürt, vielmehr in einem Ton der Kameradschaftlichkeit, zu dem er sich berechtigt wähnt, erwidert: Wollen wir wirklich schon?

Jaja! … Die Fremde steht auf. Sie dürfen doch auch von Ihrer Mutter nicht so lange fernbleiben.

Sie? … Mutter? Der Junge fühlt sich wie geohrfeigt.

Die Dame ist bereits im Wasser und schwimmt davon. Paul folgt ihr. Es wächst eine Wut in ihm, das bohrende Gefühl der Auflehnung. Nein, nicht gegen die Dame, auch nicht gegen sich selbst – er hat doch nichts gesagt oder getan, was die Dame verletzt haben könnte. Nein, einfach gegen den Zwang, hier kalt und getrennt zurückschwimmen zu müssen, immer weiter fort von der Insel, auf der er für zwei Stunden nicht mehr der hungernde Prolet und Arbeitslose war, überhaupt kein einzelner Mensch, vielmehr nur noch Kamerad den Bäumen, dem Wasser, Sand und Sonne und dieser Frau. Er muss an den Bogen denken über den Quadraten. Tränen stecken ihm in den Augenwinkeln.

Erst kurz vor dem Strandbad, schon umtost von dem kreischenden Gewimmel der aberhundert Menschen, wartet die Dame auf ihn. Auch in ihren Augen ist jetzt ein Bedauern. Sie sagt: Rufen Sie mich mal an!, nennt die Nummer und läuft zu ihrer Kabine, ohne Paul zum Abschied mehr als flüchtig die Hand gereicht zu haben.

Der watet hin und her. Es ist ihm nicht möglich, jetzt zur Mutter und zu Lenchen zu gehen. Bald vergisst er sich wieder ganz zu den Stunden des Eilands, schaut hinüber, ein brüderliches Grüßen in den Augen ..., bald fühlt er sich wund von der Härte dieser Trennung und blickt zu der Kabinentür. Aber die Dame kommt nicht mehr. Sie muss zur andern Seite hinausgegangen und wohl schon weit weg sein.

Lenchen nähert sich, misstrauisch den Bruder von der Seite musternd. Sie ist noch immer arg verstimmt. Der ganze Tag ist ihr verdorben. Erst lässt dieser Mensch sie einfach ersaufen und dann schwimmt er mit einer fremden Dame auf und davon und kennt sie nicht mehr. Netter Bruder, das! Zu allem Unglück musste auch Fritz – das ist der blonde Junge – zum Mittag nach Hause. Der einzige Trost ist, dass man sich mit ihm verabredet hat und ihn bald wieder treffen wird. Mit Paul ist ja nicht mehr zu rechnen, das sieht man ja. Auch jetzt tut er noch so, als ob sie nicht da wäre. Böse kneift Lenchen ihm in den Schenkel.

Paul zaust ihr gereizt das Haar und geht zur Mutter.

Die freut sich, dass er eine so schöne Schwimmpartie gemacht hat. I wo, Angst hat sie keine gehabt. Und nu iss nur deine Stulle!

Hungrig vertilgt sie Paul, dann sagt er: Nun wollen wir man gehen. Es ist jetzt zu voll und staubig hier.

Lenchen bockt. Jetzt fängt es grade an, schön zu werden!

Doch der Bruder zieht sich einfach an, und die Mutter ist es auch zufrieden, wenn man heimfährt, bevor die Elektrischen zum Ersticken voll sind.

In die Leere der Tage ist eine Musik gefallen, der sich Paul ganz hingibt. Wie ein Licht ist das, stetig sich in das

Dunkle verbreiternd. Alle Menschen und Dinge rücken mählich in die Helligkeit und zeigen ein anderes Gesicht.

Paul ist jetzt nur noch freundlich zu Lenchen und hört geduldig die Reden an, in denen sich die Eitelkeit und die Neugier ihrer fünfzehn Jahre ergehen. Er denkt: Das muss wohl so sein in ihrem Alter, und verweist sie nicht mehr.

Die erste Nacht nach jenem Sonntag war noch quälend. Da erfüllte ihn die Bitterkeit des Abschieds noch zu sehr. Doch bald wurde sie verdrängt von der Erinnerung an die Stunden auf der Halbinsel. Du bist ein hübscher Junge, Paul, hatte die Dame gesagt und ihn am Handgelenk gepackt. Sie hatte seinen wilden Angriff geduldet. Das verleiht ihm Selbstbewusstsein und Mut. Die Fremde erkannte ihn an. Er ist keine vergessene, ausgeschlossene Existenz mehr, ist aufgenommen in die Gemeinschaft derer, die den Tag regieren und alle Freuden. Leicht ist es nun, die tägliche Abweisung bei der Stellungsuche zu ertragen, leicht auch den Hunger, wenn die Mutter ohne den Emailletopf heimkommt. Paul hilft ihr jetzt, wie er nur kann. Er nährt, schon angstvoll, das Bewusstsein, ein nützlicher Mensch zu sein, einer, mit dem man rechnet. So steht er jetzt auch früher auf, zumeist mit Erna, wäscht sich peinlich und hält sehr darauf, dass sein Haar nicht mehr unsauber ist. Das blaue Jackett des Vaters flickt er, so gut sich das machen lässt, und schneidet auch die Fransen von den Hosen. Auch sieht er sich jetzt nach anderen Stellungen um, es gibt ja nicht nur Schlossergesellen auf der Welt. Nein, Sie kommen zu spät, sagt man auf den Arbeitsnachweisen, im Augenblick ist nichts frei. So lässt Paul sich vormerken und fragt regelmäßig nach.

Lenchen möchte gar zu gern wissen, was die fremde Dame zu ihm gesagt hat und was die beiden am andern

Ufer die lange Zeit getrieben haben. Paul erklärt: Wir haben im Sande gelegen und uns geaalt. Die Schwester lächelt besserwisserisch. Doch mehr ist von dem Bruder nicht zu erfahren. Lenchen giftet sich und sagt: Ich habe mich gestern mit Fritz getroffen. Der ist aber schick, kann ich dir sagen! Ein Eis hat er mir spendiert, drüben in der Halle. Und an der Ecke hat er mich auf den Arm geküsst.

Die Schwester ist gewärtig, dass Paul nun aufbrausen und wieder predigen wird. Nichts dergleichen. Er amüsiert sich. Auf den Arm küssen ist aber gar nicht schick! Feine Leute küssen ihre Dame auf die Hand.

Verraten, ätsch, jetzt hast du dich verraten, triumphiert die Schwester und führt einen ordentlichen Tanz auf. Paul kneift ihr in die Hinterbacke und geht seiner Wege. Schafskopf spielt er nicht mehr. Hans und Wilhelm sind keine Gesellschaft für ihn, die klauen ja nur und machen mit dem Gastwirt dunkle Geschäfte. Auch Franz selbst, diesen fetten Kerl, mag Paul nicht mehr sehen.

Am Nachmittag trifft sich Lenchen wieder mit Fritz. Er ist Portiersohn, hilft dem Vater die Teppiche der Herrschaften klopfen und verdient sich mit kleinen Fuhren ein Taschengeld. Auch stecken die Mieter, bei denen er beliebt ist, ihm hin und wieder etwas zu.

Fritz ist verhältnismäßig klein und schmal für seine siebzehn Jahre, doch zäh und immer zu allerlei Flausen aufgelegt. Erst kürzlich hat er sich Folgendes geleistet: Er bestrich Pappköpfe, -hände und -gerippe mit einer Magnesiummasse, die im Dunkeln grellgrün leuchtet, stellte sich zur Mitternacht auf den Hof, stimmte ein dumpfes Geheul an und ließ die „Geister“ an zwei langen Stangen hin- und herfahren und übereinanderpurzeln. Die Mieter rissen die Fenster auf und machten ein Geschrei.

Fritz drückte sich im rechten Augenblick, denn jetzt kam Major Schneider in der Beletage mit einem Revolver ans Fenster und knallte die ganze Kammer in die Luft. Der Major war es auch, der am nächsten Morgen den Urheber des Geisterspuks feststellte und ihm zur Belohnung für seine Frechheit wie in nachträglicher Bestürzung über die Schießerei drei Mark in die Hand drückte. Fritz ist darüber sehr geschwollen, denn nun kann er Lenchen in eine Konditorei einladen. Er legt sein Bestes an: hellgelber Anzug, blauer Sweater und Seglermütze.

An der verabredeten Ecke treffen sie sich. Lenchen hat ihren Rock so kurz gebunden wie nur möglich. Unter der weißen Bluse zeichnet sich ein Hemd mit Klöppelspitzen ab. Die rote Schleife steckt über dem linken Ohr.

Fritz will ihr wieder stürmisch den Arm küssen, doch Lenchen weicht aus: O, bitte sehr, immer galant, Fritze! Und graziös bietet sie ihm den Handrücken. Fritz, der Zurechtweisungen nicht liebt, drückt die Hand so kräftig, dass Lenchen autsch! schreit.

Arm in Arm gehen sie dann ins Café. Beide sind sie sehr stolz darüber und können sich gar nicht fein genug benehmen. Lenchen lässt sich von Fritz sein Taschentuch unter dem Tisch geben und bückt sich zur Seite beim Schnäuzen. Der Freund zupft eine Wicke aus der kleinen Vase und reicht sie dem Mädchen zum Anstecken hinüber. Ihre Liebesbezeugungen beschränken sich auf ein eifriges Spiel mit den Knien und ein zärtliches Kitzeln in den Handhöhlen. Wenn jemand vorbeikommt, fahren sie zurück und sagen: Ja, so ist das oder: Ach, wie nett! – Fritz hat Schwalbendreck mit Schaum bestellt. Doch die Kellnerin kennt ihn schon und bringt zwei Sahnebaisers.

Lenchen erzählt von Paul und dass er ihr nicht sagen will, was mit der fremden Dame los war. Beide lächeln eindeutig.

Lenchen denkt: Man müsste Paul irgendwas zuliebe tun, dann würde man ihn schon zum Beichten bringen. Das Wort „beichten" ist ihr noch von der katholischen Firmelung her geläufig. Lenchen ist katholisch, wie ihr Vater es war, Paul und Erna sind protestantisch gleich der Mutter. Allerdings ist auch Lenchen früher mehrfach zum evangelischen Gottesdienst gegangen. Doch gefirmelt wollte sie katholisch werden. Die Katholschen werden schon mit zwölf Jahren Dame, die Evangelschen erst mit fünfzehn. Ist doch klar, was ich da mache! – Ja, unser Lenchen ist eben rechts- und linksrum zu gebrauchen, erklärte das die Witwe der Rechnungsrätin Hasselbach, die sich als heftige Protestantin darüber erregte, dass die Mutter die katholische Einsegnung zuließ.

Also, Lenchen will den Bruder zum Beichten bringen. Darum sagt sie zu Fritz: Überhaupt ist es traurig mit Paul. Immer so arbeitslos und ohne Geld. Wenn man ihm bloß zu ein paar Groschen verhelfen könnte.

Fritz ist gerührt von diesem Edelmut und denkt ernsthaft nach. Plötzlich pfeift er leicht: Ich weiß was! Also neulich geh ich durch die Chausseestraße und bleibe bei einem Kerl stehen, der vom Wagen so 'n Zeug zum Haarfärben verkauft und dazu immerfort quasselt. Ja, sag erst mal, der Paul hat doch ganz schwarzes Haar, nicht?

Wunderschönes schwarzes Haar. Das ist so seidig.

Dufte! Dieser Kerl kletterte nämlich, kaum dass er mich bemerkte, von seiner Karre runter, nahm mich beiseite und fragte einfach: Wie viel verlangen Sie? Na, so langsam kam denn heraus, dass er einen sucht, der sich auf seinen Wagen setzt und dessen Haar ganz die Farbe hat, die seine Mittelchen zuwege bringen sollen. Er sucht auch einen für schwarze Farbe. Wie ich durchaus nicht wollte, hat er mich himmelhoch gebeten, doch nur ja einen mit meinem Hellblond und einen mit so 'nem Lackschwarz aufzutreiben. Er würde anständig bezahlen.

Unverzüglich laufen die beiden in die Chausseestraße. Richtig, der Händler ist noch da und stürzt sich, kaum dass er Fritz an seinem Hellblond erkannt hat, förmlich auf ihn herunter. Na, haben Sie sich's noch mal überlegt?

Nein, versetzt Fritz, ich komme nicht in Betracht. Aber ich habe da jemand aufgestöbert für Ihr Schwarz.

Aber Sie, der ist teuer!, mischt sich Lenchen ein, der ist Gehilfe beim erstklassigen Friseur. Unter einer Mark pro Stunde tut der's nicht!

Der Verkäufer gerät außer sich, fummelt mit den Händen herum: Eine Mark pro Stunde! Das zahlt ja nicht mal Donner oder Trost! Ausgeschlossen, das Geschäft ist nicht zu machen.

Er klettert wieder auf seinen Wagen. Die beiden Agenten bleiben ruhig stehen und hören ihm zu. Da eben Büroschluss ist, sind viele Mädchen, aber auch zahlreiche Jünglinge um den Haarfärbekünstler versammelt.

Dreimal eine gründliche Waschung mit dieser Tinktur, meine Herrschaften, und das blondeste Haar wird schwarz und, Sie werden es nicht glauben, aber auch das rote wird schwarz und das weiße wird schwarz. Fünfzig Mark setze ich für denjenigen unter den Herrschaften aus, der mir nachweist, dass ich zu viel versprochen habe. Jede Dame will heute gern dämonisch wirken. Aber wenn ihr der Herrgott kein schwarzes Haar in die Wiege gelegt hat, was denn dann? Dann wäscht sie sich dreimal mit meiner international berühmten „Tinctura obscura“ und der Weg zum Lebensglück ist ihr geöffnet.

Wer's glaubt!, unterbricht Fritz den Wortschwall des Händlers, erstmal zeigen! Vormachen!

Die große Zahl der Umstehenden stimmt ihm bei und wiederholt diese Forderung. Der Verkäufer wagt einen bewundernswerten Sprung von seinem Wagen und zischt Fritz an: Woll'n Sie mich ruinieren? Also fünfzig Pfennig pro Stunde.

Fritz und Lenchen weisen das hartnäckig ab und wollen sich empfehlen. Der Händler ist hinter ihnen her: Sechzig Pfennig, das Äußerste, was ich bieten kann!

Wir werden's dem Herrn sagen, gibt Fritz über die Achsel zurück, morgen früh lassen wir von uns hören.

Paul kehrt erst spät am Abend heim. So lange haben die beiden, fiebernd vor Stolz und auf die Überraschung, ihn erwartet. Bald wurde ihnen die Zeit zu lang. Sie begannen sich zu küssen und immer heftiger zu umschlingen. Fritz wollte dann mehr, aber Lenchen bekam es nun doch mit der Angst. Und wenn's nun Folgen hat? Wie denkst du dir denn das? Ich bin immer noch ein anständiges Mädel! Und wirklich spielte sie für einige Zeit die Gekränkte. Doch ließ sie es geschehen, dass der Junge ihre Brüste liebkoste. Das ging so durch und durch, ganz taumelig wurde einem dabei. Es wäre wohl darauf doch geschehen, was Fritz für wünschenswert hielt, wenn Lenchen nicht des Bruders Tritt auf der Treppe gehört hätte. Hastig brachte sie sich in Ordnung.

Paul will zunächst nichts wissen von dem Angebot, mit dem die beiden ihn gönnerhaft überrumpeln. Ja, zum ersten Mal seit dem Sonntag wird er wieder böse. Er will Fritz und Lenchen nichts zu verdanken haben. Dass sich dieser blonde Bengel mit der Schwester allein in der Stube aufhält, gefällt ihm nicht. Doch sagt er nichts dergleichen und wendet nur ein: Ihr könnt mich doch nicht zum Affen machen! Setzt ihr euch doch auf die Karrete und lasst euch angaffen! Und nachher kommt raus, dass mein Haar gar nicht gefärbt ist, was denn dann?

Fritz findet diese Skrupel einfach grotesk. Er hat von dem Studienrat Wedekamp, der bei ihnen im Hause wohnt, angenommen, alles, was ihn verdrießt, einfach grotesk zu finden. Lenchen ist sehr aufgebracht über des Bruders schreienden Undank. Beide geben sie nun erst recht nicht nach. Vor dem Wagen stünden nur Mädels und Kavaliere, die vom Haarfärben etwas hielten, und wenn der Schwindel rauskäme, könnte doch nur der Händler hochgenommen werden. Und dann: Sechzig Pfennig pro Stunde. Menschenskind, das macht bei neun Stunden fünf Mark vierzig für den Tag! Da kannst du dir bald einen Anzug und lauter feine Sachen kaufen, die du doch haben musst, wenn du deine Dame besuchen willst!

Natürlich ist es Lenchen, die diesen letzten Trumpf ausspielt. Damit hat sie den Bruder. Mit einem Mal ist Paul entschlossen, ja, er dankt den beiden und verspricht ihnen, wenn er erst einiges beisammen hätte, sie auf den Müllerrummel einzuladen. Ehrensache!

Am nächsten Morgen gehen die drei in die Chausseestraße. Der Händler kann sein Wohlgefallen über Pauls Haar nur schwer verbergen. Es hat ganz die Farbe seiner „Tinctura obscura“, und überhaupt ist das ja ein schmucker Bursche. Fritz hat dem neuen Freunde einen besseren Anzug geliehen, eine abgetragene Garnitur des Sohnes vom Major. Sie ist reichlich abgewetzt, doch immerhin feines dunkelblaues Kammgarn und elegant geschnitten.

Der Verkäufer will zunächst noch einmal handeln. Fünfzig Pfennig pro Stunde. Paul wäre vielleicht darauf eingegangen, doch Fritz und Lenchen nehmen ihn sofort unter die Arme und drohen, die Verhandlung abzubrechen. Nu rennen Sie man nicht gleich wieder fort!, ruft der Händler. Also gut, ich zahle das Schandgeld von sechzig Pfennig. – Er hatte sich derweil bereits eine Konzession für eine sehr viel belebtere Ecke an der Friedrichstraße besorgt und ist schwer geschädigt, wenn ihn sein Musterjüngling jetzt im Stich lässt.

Paul sitzt nun täglich von morgens neun bis abends sieben Uhr auf dem Wagen. Zwischendurch liegt eine kurze Mittagspause, in der man die steifen Glieder bewegen kann. Er empfindet diesen Tagesdienst als mühelos und angenehmer, als er vermutet hatte. Nur darf es nicht zu heiß oder zu kalt werden.

Der Händler macht jetzt große Geschäfte. Mit Hilfe eines verkrachten Theologie-Kandidaten hat er Paul Schwarzer in Paolino Nigrinus umgetauft, so zu lesen auf den Schildern, die um den Wagen hängen und die ein Arbeitsloser durch die benachbarten Straßenzüge trägt. Die Ladenmädels und Kontoristinnen können ihre Mahlzeit in den Pausen gar nicht schnell genug vertilgen. Alles muss Paolino, den dämonischen Jüngling, bewundern. Er hat aber auch zu schönes Haar! Der Händler fährt drin herum, hält es in Schweifen hoch und kämmt es dann wieder. Paolinos Haar, meine Herrschaften, war bis vor zwei Wochen noch dunkelblond. Dreimal gewaschen mit „Tinctura obscura“ und es glänzt und schimmert im edelsten Schwarz. Das können Sie küssen, meine Damen, und kosen, so viel Sie Lust haben! Fünfzigmal täglich können Sie Paolino den Kopf waschen, das Haar bleibt schwarz. Zum Beweis seift er Pauls Kopf am Ende jeder Vorstellung, in die er sein Gewerbe jetzt gekleidet hat, mit Shampoon wacker ein. Kommen Sie nur rauf, meine Dame, zausen Sie Paolino ruhig in der Wolle, der hat das gern, der ist noch ungeküsst! Na, was sagen Sie nun? Schwarz bleibt schwarz? Ja, das Fräulein muss das zugeben und kauft gleich zwei Flaschen von der Zaubertinktur.

Paolino Nigrinus wird die Sensation des Stadtviertels. Die Damen stecken ihm von hinten ineinandergefaltete Billette unter die Sitzgelegenheit. Darauf steht: Erwarte Sie heute Abend bestimmt da und da, und darunter jedes Mal ein anderer Mädchenname, oft von einem Tintenherzen oder Blütenkranze umziert. Und vorn wird er von schwärmerischen Augen regelrecht verzehrt.

Paul fühlt sich gefeit gegen diese allgemeine Bewunderung. Er hat ja seine Dame. Deren Bild trägt er sehnsüchtig im Herzen. Oft sieht er gar nicht, was um ihn her vorgeht, bemerkt nicht, dass man ihm wieder ein zärtliches Billett untergeschoben hat. Er denkt an sie, die er im Stillen seine Geliebte nennt. Nur um ihretwillen sitzt er ja hier oben und lässt sich anhimmeln und den Kopf waschen! Er wird das keinen Tag länger mitmachen, als es notwendig ist. Er muss nur so viel zurücklegen, dass es für anständige Kleidung reicht und dann noch für Konfekt und Blumen.

Das Einzige, was ihm seine Anstellung unbehaglich macht, ist die Befürchtung, dass die Geliebte eines Tages hier vorbeikommen könnte. Doch diese Beschämung bleibt ihm erspart. Sie wird in einem feineren Stadtteil wohnen, beruhigt sich Paul.

Nach einem Monat hat er so viel Geld beisammen, dass er sich einen dunklen Anzug und sonst alles Erwünschte anschaffen kann. Er nimmt sich so vornehm in den guten Sachen aus, dass Lenchen sich heftig in ihn vergafft und sich nur mit dem Gedanken trösten kann, dass der Bruder ja einer andern gehört und dass sie bei ihm niemals finden wird, was sie bei Fritz gefunden hat. Der hat sie, seitdem Paul auf dem Wagen sitzt, fast täglich besucht. Es war aber auch zu einsam, immer so allein in der Stube! Eine Liebkosung reizte die Lust zu der nächsten, bis eine richtige Liebschaft daraus wurde. Fritz, der mit Mädchen schon seine Erfahrungen hatte, behob Lenchens Widerstand, der nur Angst vor den Folgen war, durch Anwendung eines Schutzmittels. Die beiden verlebten nun eine hochgemute Zeit, ihre Flitterwochen, wie Fritz das nannte. Paul gab ihnen redlich von seinem Lohn ab, Lenchen hatte ihm das beizeiten nahegelegt. Fritz war das nicht recht, es ging ihm wider den Stolz. Aber da die Freundin es so wollte, fügte er sich und ging mit ihr ins Kino und zum Ball. Auch ins Grüne fuhren sie hin und wieder.

Paul ahnte, wie es die beiden trieben. Wenn er schwieg, so geschah es nicht darum, weil er sich ihnen verpflichtet fühlte. Nein, so einer war er nicht. Aber seit jenen Stunden auf der Halbinsel mutete es ihn komisch und auch unnütz an, bei solcherlei Dingen dreinzureden. Mochte da jeder selbst zuschauen, wie er es hielt. Zudem wusste er ja nichts Tatsächliches. Und Fritz blieb bei aller leichtsinnigen Raubeinigkeit ein netter Kerl, daran war kein Zweifel.

So erfuhr auch die Mutter nichts von dem Treiben der beiden. Sie freute sich nur, dass die Kleine jetzt immer so frisch war und sich bei gutem Appetit tüchtig entwickelte.

Nachdem Paul sein Ziel erreicht hatte, wollte er auch keinen Tag länger das Wiedersehen mit der Dame hinauszögern. Vier lange Wochen hatte er seine Sehnsucht gebändigt und auf dem Wagen ausgehalten. Sein Haar wurde schon mausgrau von dem vielen Shampoonieren. Er sagte Fritz und Lenchen, dass er nun genug Geld verdient hätte und dem Händler kündigen würde.

Die beiden trauten ihren Ohren nicht und redeten so lange auf ihn ein, bis Paul noch einen Monat zugab. Wieder war es Lenchen, die ihn mit dem Hinweis überzeugte, dass er nun erst recht viel Geld brauche, um seine Angebetete ins Café und zum Ball einladen zu können. Was nützt dir schon dein schicker Anzug, wenn kein Zaster in der Tasche klimpert!

Am nächsten Sonntagnachmittag geht Paul in eine Telefonzelle am Kiosk und nennt die Nummer, die er sich täglich viele Male wiederholt hat. Seine Hand zittert am Griff des Hörers und ist feucht. Er zwingt sich zur Ruhe und seine Worte zur Klarheit. Es meldet sich eine männliche Stimme: Hier Doktor Wallner. Durch Paul geht es wie ein Schlag, doch hat er mit dieser Möglichkeit gerechnet und sagt, wie er sich das vorgenommen hat: Könnte ich wohl die gnädige Frau sprechen? – Ja, mit wem spreche ich denn?, lässt sich der Doktor ungeduldig vernehmen. Paul verliert die Geistesgegenwart, murmelt noch etwas Unverständliches und hängt schnell ein.

Mit unruhvollem Herzen geht er kreuz und quer durch die Straßen, die beängstigend grau und leer sind unter dem Regenhimmel. Hätte ich doch nur irgendeinen Namen genannt! Aber dann würde sie ja nicht erfahren haben, wer angerufen hat. Ach, das ist schon eine verteufelte Geschichte! Vielleicht ist der Doktor jetzt misstrauisch geworden und quält sie mit Fragen? Dann ist schon alles aus!

Endlich kehrt er heim. Fritz und Lenchen erinnern ihn an sein Versprechen, sie einmal auf den Rummel einzuladen. Am 15. Oktober wird er geschlossen, bis auf die Hallenvorstellungen, dann ist's vorbei. Paul schüttelt nur den Kopf, lässt Lenchens Vorwürfe und Füßestampfen unbeachtet und legt sich bald hin.

Am Montag in der Mittagspause ruft er von der Zelle der Speisewirtschaft wieder an. Diesmal ist das Dienstmädchen am Apparat. Nein, die gnädige Frau ist ausgegangen. Kann ich etwas ausrichten? – Danke schön, nein, antwortet Paul. Mutlos setzt er sich wieder auf den Wagen. Wenn die Dame nun überhaupt nie zu sprechen ist? Und ihre Wohnung weiß er nicht. Und im Adressbuch sind zahllose Doktor Wallner verzeichnet, da kommt einer so gut wie der andere in Betracht … Doch halt, das Fernsprechamt kann ja nach der Nummer die Adresse feststellen!

Vorher jedoch will Paul noch ein drittes Mal versuchen, die Dame telefonisch zu erreichen. Die Ungewissheit peinigt ihn so sehr, dass er am Dienstagvormittag unter dem Vorwand einer Übelkeit vom Wagen steigt und, ohne sich um den aufgebrachten Händler zu kümmern, wieder in die Speisewirtschaft geht.

Heute ist die Dame selbst am Telefon, Paul erkennt sofort ihre Stimme. Die Erregung schlägt ihm bis in den Hals. Er sagt überstürzt: Ja, guten Tag, hier spricht Paul Schwarzer. – Ja, wer sind Sie denn? – Diese Frage bestürzt den Jungen so, dass ihm die Stimme versagt.

Dann müht er hervor: Ich bin der Schwimmpartner aus dem „Tivoli". – Ach so, ja. Sagen Sie mal, haben Sie gestern und vorgestern schon angerufen? – Ja, ich ... – Bitte unterlassen Sie diese überflüssige Anklingelei! Wo wohnen Sie? – Paul nennt mit tonloser Stimme Straße und Hausnummer. – Schön, vielleicht schreibe ich Ihnen gelegentlich einmal. Guten Tag.

Paul ist nicht imstande, den Gruß zu erwidern. Von Erbitterung ganz betäubt, läuft er durch die Straßen. Nur weit fort vom Wagen! Nein, niemals wieder wird er sich neben den Betrüger mit seiner Tinktur setzen! Schluss damit!

Ein Mädchen erkennt Paolino Nigrinus und streift mit lockender Anrede seinen Arm. Paul zieht ihn an den Leib und hastet weiter. Erst gegen Abend kehrt er heim. Elend sieht er aus und abgehetzt. Doch ist wieder Beherrschung in seinem Äußern.

Der Händler war inzwischen da und hat Lenchen einen rechten Tanz gemacht. Kein Mensch wäre heute vor seinem Wagen stehen geblieben oder aber, man hätte gefeixt und bissige Bemerkungen gemacht. Er müsste Paolino anzeigen und schadenersatzpflichtig machen. Zwischendurch begann der Verkäufer zu jammern und die Hände zu ringen. Er ruiniert mich! Er darf mich nicht im Stich lassen! Liebes Fräulein, bitte sagen Sie ihm das nur ja! Ich muss ihn sonst verklagen!

In großer Erregung war Lenchen darauf zu Fritz gerannt. Wenn Paul nicht mehr auf die Karre steigt, ist es vorbei mit unserm Liebesnest und den Flitterwochen! Zum ersten Mal sieht Fritz Tränen in den Augen der Freundin. – Was mit der Dame war, haben wir nun doch nicht erfahren, erbittert sich Lenchen, und sein Versprechen mit dem Rummelplatz hat er auch nicht gehalten. Und seit Tagen läuft er herum wie ein Lustmörder und schneidet Grimassen. Und jetzt diese Gemeinheit! Nun liegt das wieder den ganzen Tag auf der Matratze! Das haben wir von unserer Gutmütigkeit!

Fritz bezeigt sich nicht so aufgebracht, wie Lenchen erwartet hat. Ist er der kleinen Freundin schon müde? Sie ist ja immerhin noch sehr jung und erst halb entwickelt. Vielleicht ist ihm auch etwas Reizvolleres begegnet, wer kann das wissen. Wenigstens hat Lenchen guten Grund, ihre Empörung auf Fritz zu übertragen. Sie schüttelt ihn und weint noch mehr. Auf den Freund macht das wenig Eindruck. Sie solle sich nicht aufführen wie ein altes Weib und hier nicht eine solche Szene machen! Dererlei müsste man mit kaltem Blut erledigen.

Paul verweigert jede Erklärung über den Grund seiner Flucht: Das ist meine Sache!

Lenchen findet, dass dies wohl auch ihre und Fritzens Sache sei, doch der Freund stimmt Paul bei: Wieso unsere Sache?

Deine Dame hat dich wohl abblitzen lassen, he?, ruft die Schwester, die der Zorn hellsinnig macht und in der Sucht, Paul wehe zu tun.

Der hält herrisch an sich, sodass die beiden nicht bemerken, wie sehr diese Frage ihn getroffen hat. Er rückt jetzt mit einer Lüge heraus, die er sich während des Tages zurechtgelegt hat. Fast täglich wäre ein Mann an den Wagen gekommen und hätte ihm einen Zettel untergeschoben. Darauf stand jedes Mal: Hüten Sie sich! Sie sind ein Betrüger! Heute Morgen hätte er den Mann wieder kommen sehen. Die Angst hätte ihn gepackt und er sei eben einfach davongelaufen.

So, wo sind denn diese Zettel?, fragt die Schwester. Oho, darauf hatte sich Paul vorbereitet. Er zeigt den beiden die Billette, die er selbst auf einer Bank ausgeschrieben hat. Fritz sagt: Tja, das ist eine fatale Geschichte. Auch Lenchen ist nun am Ende ihres Lateins, doch will sie den Kampf noch nicht aufgeben. Und plötzlich – Fritz hat sich schon der Tür genähert – ruft sie aus: Ich weiß was!

Na, was denn?, fragt Paul, der einen richtigen Hass gegen die Findigkeit der Schwester fühlt.

Es werden dir doch viele Zettel untergeschoben, Einladungen zum Stelldichein, und, wie du mehrmals erzählt hast, auch von Männern. Sobald dieser Kerl sich wieder blicken lässt, springst du auf und rufst, eine solche Männereinladung in der Hand: Mein Herr, ich verbitte mir endlich Ihre Belästigungen, Paragraf einhundertfünfundsiebzig, mein Herr! Da soll der dir erstmal nachweisen, dass die Einladung nicht von ihm ist! – Pah, mit Hilfe der Handschrift! Nichts leichter als das!, erledigt Fritz diesen Vorschlag. Na, atschöh, ich muss nach Hause.

Damit dreht er sich aus der Tür, bevor Lenchen noch ein Wort sagen kann. Die ist einen Augenblick betroffen darüber, dass der Freund sie so kurzerhand im Stich lässt, doch glaubt sie in ihrer schnellen Art bald, dass Fritz wohl wirklich schleunigst nach Hause musste.

Sie setzt dem Bruder nun noch mit der Klageandrohung des Händlers zu. Doch Paul schüttelt nur den Zettel mit der bösen Warnung.

Den Händler befällt beim Lesen dieser Drohungen, die Paul ihm am nächsten Morgen zeigt, ein solcher Schreck, dass er Paolino ohne weiteren Widerspruch aus seiner Verpflichtung entlässt und noch am gleichen Tage mit seinem Wagen in einen andern Stadtteil zieht.

Paul hat sich während der Flucht am Vortage zum Folgenden entschlossen: Mit dem Schwindel des Haarfärbekünstlers will er nichts mehr zu schaffen haben, nur in Gedanken an die Dame hat er ihm Vorschub geleistet. Was die Dame selbst betrifft, so wird er alles versuchen, sie zu sprechen. Die Ungewissheit ist unerträglich.

Durch Vermittlung des Fernsprechamts stellt er die Wohnung fest. Er legt seine guten Kleider an und fährt am Vormittag zu der Straße im alten Westen hinaus. Er fühlt sich jetzt wieder ruhiger und überlegt.

Das Mädchen lässt ihn an der Flurtür warten. Sie müsste nachsehen, ob die gnädige Frau zu Hause sei. Paul mutet das komisch an, er kann ein flüchtiges Lächeln nicht verbergen. Dann hört er, dass hinter der Tür, in die das Mädchen ging, geflüstert wird. Nach geraumer Weile kommt die Bediente zurück und sagt eingelernt, ohne den Besucher anzusehen: Bedaure, gnädige Frau ist schon ausgegangen. Kann ich etwas ausrichten? Paul verneint und geht.

Seine Erbitterung über die erfahrene Demütigung schlägt in Hass um und in Verachtung gegen die Dame. Sie hat ein schlechtes Gewissen, sie hat Angst vor mir. Aber sie konnte ja wohl nicht ahnen, dass ich ihr harmloses Spiel so sehr für ernst nehmen würde … Kleiner wilder Prolet! Haha! Dass mir das jetzt erst aufgeht! So einen verführt man eben, weil man grad Spaß daran findet. Das ist mal was anderes. So ein Bursche kann doch froh sein, von einer feinen Dame überhaupt beachtet zu werden.

Scham befällt ihn jetzt, dass er sich auf der Insel so ganz vergaß. Also gut, das soll mir eine Lehre sein! Prolet bleibt Prolet! Und ich will auch nichts anderes sein, ich werde nicht mehr den Kopf höher recken, als er mir gewachsen ist. Aber die Frau Doktor und alle ihresgleichen sollen wissen, dass auch wir Menschen sind, und unsern Stolz haben, dass wir nicht nur als ihr Arbeitsvieh und Amüsement da sind!

Paul ist bereit, ganze Arbeit zu verrichten, auch mit sich. Peinigend wird ihm alles, was er sich in Gedanken an die Dame zukommen ließ. Zunächst die feinen Sachen. Nun, damit ist es einfach, er wird sie nicht mehr tragen. Und das ersparte Geld wird er gemäß seinem Versprechen mit Fritz und Lenchen auf dem Rummelplatz durchbringen. Was dann noch übrig bleibt, soll in die Lade der Mutter.

Er hat einmal in einem Buch gelesen, dass ein kühner Eroberer die Schiffe verbrennen ließ, mit denen er als Erster vor einer fremden Küste jenseits des Ozeans landete. Seine Soldaten sollten wissen, dass sie kämpfen mussten bis zum Siege oder zugrunde gehen. Ähnlich empfindet der Siebzehnjährige den Beschluss, alles preiszugeben, was ihm aus der Vergangenheit auf den Weg der eigenen Kraft helfen könnte. Denn den will er sich jetzt erkämpfen, seiner Schicht und seines Schicksals bewusst. Durch die erfahrene Demütigung wird er sich nicht wieder zurückstoßen lassen in das Heer der Tagediebe und Halunken. Die sind die größten Feinde des Proletariats, die bringen uns überall in Verruf.

Dies sagt er Hans und Wilhelm noch am gleichen Tage. Er bereute, die beiden Kameraden in falschem Hochmut vernachlässigt zu haben. Er gehört zu ihnen und zu keinen Doktorsfrauen. Doch die beiden sollten endlich ihr Klauen und Hehlen lassen. Dann haben ja die oberen Zehntausend recht damit, wenn sie uns nur als Lumpenpack verachten und für die schlimmste Schinderei grade für gut genug halten! Es entstand ein sehr erregter Wortwechsel, der damit endete, dass die Freunde auf Paul mit Schultheißflaschen losgingen. Der fühlte es als eine glückliche Befreiung, den Zorn und Kummer des Morgens sich auswüten lassen zu können, und verwalkte die beiden Genossen mit fröhlichem Hopp! und Jupp! An die Dame schrieb er diesen Brief:

Sehr geehrte Frau Doktor!

Sie haben mich heute Morgen weggeschickt, obwohl Sie zu Hause waren. Sie haben also keine Lust, an unser Erlebnis im Tivoli weiter erinnert zu werden, und wollen von mir nichts mehr wissen. Ich wollte Ihnen sagen, dass, wenn ich auch nur ein Arbeitsloser bin, dass ich dann doch meinen verfluchten Stolz habe und nicht Ihr Schoßhündchen gewesen sein möchte! Einen jungen Mann Ihres Standes hätten Sie wohl nicht gewagt so einfach laufen zu lassen, nachdem Sie ihn erst verführt haben. Ich werde also an unser Liebeserlebnis nicht mehr denken und überhaupt so tun, als wenn nichts passiert wäre. Anders werde ich mit dieser Schande für mich nicht fertig. Im Übrigen brauchen Sie von mir nichts mehr fürchten, ich werde nach wie vor stille sein. Ich muss Ihnen sogar dankbar dafür sein, dass Sie mir beigebracht haben, wohin und zu wem ich gehöre!

Hochachtend zeichnet der kleine wilde Prolet.

Diesen Brief schickt er ohne Absender und so ab, dass er mit der zweiten Post eintreffen muss, der Doktor Wallner ihn also nicht sieht.

Zwei Tage darauf erhält er ein rosa Kuvert, das stark nach Parfüm duftet. Zuerst will Paul den Brief ungeöffnet zerreißen. Dann liest er ihn doch, da er wissen will, was die Frau Doktor ihm noch zu sagen hat. Die Dame schreibt:

Geehrter Herr Schwarzer!

Ihr Brief hat mich sehr verletzt und ich wollte ihn unbeantwortet lassen. Doch dann versetzte ich mich in Ihre Lage und fühlte die Verpflichtung, Ihnen zu erwidern. Mein Lieber, Sie sind noch sehr jung und sind wirklich ein kleiner wilder Proletarier, sonst hätten Sie einer Dame nach einer gemeinsamen Stunde nicht diesen impertinenten Brief schreiben können. Es wird darum auch wenig Sinn haben, wenn ich Ihnen ausführlicher erkläre, wie ich das meine. Lassen Sie mich nur dies sagen: In Dingen des Eros ist alles Rechten und stolze Sichversteifen lächerlich! Derartige Erlebnisse kann man unmöglich betrachten und auswerten wie ein Geschäft. Man gibt so viel und so lange, als man geben kann, und feilscht nicht. – Weil Sie lieb zu mir waren und ich Freude an Ihnen hatte, will ich Ihnen noch diesen Rat geben: Nehmen Sie hin, was Ihnen geschenkt wird, und schenken Sie selbst, wie es Sie treibt. Denken Sie nicht nach über die Erlebnisse der Liebe. Über eine Blume, deren Duft erfreut, oder über eine schöne Musik denken wir ja auch nicht nach. Sie scheinen mir vieles zu schwer zu nehmen. Das ist nicht gut. Packen Sie das Leben frisch und zuversichtlich an dem Zipfel, den es Ihnen grade bietet! Und begehen Sie lieber mal eine Dummheit, als dass Sie allzu bedenklich außerhalb des Getriebes bleiben! – Das wünscht Ihnen

Ihre

Rose Wallner.

Kopfschüttelnd überliest Paul den Brief zum zweiten Mal und zerreißt ihn dann, mehr mit einem schmerzlichen als einem abweisenden Lächeln. Im ersten Augenblick wollte ihn das offenbare Wohlwollen der Dame wieder befangen, doch dann empfand er es als peinigend und unannehmbar. Er vermeint: Dies ist so die Denkart der feinen Leute, die ohne Gewissen genießen dürfen. Unsereinem schlägt alles zum Verhängnis aus. Nein, Frau Doktor, wir können einander wohl nicht verstehen!

Am Abend sagt Paul zu Lenchen, dass er sie und Fritz zum Sonntag auf den Müllerrummel einladen will. Die Schwester scheint ihn nicht gehört zu haben, sie bleibt stumm und verbissen, wie sie schon die ganzen letzten Tage war. Wie Paul seine Einladung wiederholt, versetzt sie gereizt: Da hättest du man früher mit kommen sollen! Nu zieh nur alleine los!

Der Bruder setzt sich zu ihr an den Küchentisch, auf dem sie herumkritzelt. Seid ihr zwei böse miteinander?

Lenchen rückt nur die Schultern. Doch um ihren Mund ist ein Zittern und ihre Augen werden feucht. Paul dringt nicht weiter in sie, nimmt seine Joppe und geht zum Arbeitsnachweis.

Heute hat er Glück. Ein Warenhaus sucht Leute, die Reklameschilder durch die Stadt tragen. Er meldet sich am bezeichneten Ort und erhält ein kariertes Cape, einen Zylinder, der mit schottischem Muster beklebt ist, und zwei Papptafeln, die über Brust und Rücken gehängt werden. Darauf ist gemalt: Herbstausverkauf! und die Adresse der Firma.

Zu zehn Mann ziehen sie im Gänsemarsch durch die Straßen, in die kalt und trübe der Spätherbst fällt. Das langsame Marschieren ermüdet, und immer fühlt man sich klamm und bald hungrig. Auch wird das Reklamegehen schlecht bezahlt. Doch immerhin, zwei Mark vierzig für den Tag bringt es ein. An die rotznäsigen Zurufe der Straßenbengels, denen man keine latschen darf, und an das Stehenbleiben der Passanten hat man sich schnell gewöhnt.

Viel denkt Paul während dieser eintönigen Wanderungen an das Erlebnis mit der Dame. Er begreift nicht mehr, wie er damals, auf dem Wagen, an sie als an seine Geliebte denken konnte.

Einmal fährt sie in einer geschlossenen Taxe an ihm vorbei. Neben ihr sitzt ein großer Herr mit frostigem Gesicht. Die Taxe muss vor einer Straßenkreuzung halten, der Zug der zehn gleichfalls. Ungestüm pocht dem Jungen das Herz, doch kann er es sich nicht verbieten, noch einmal in das Wagenfenster zu blicken. Die Dame erkennt ihn im gleichen Augenblick. Sie schaut beiseite und spricht eifrig auf den großen Herrn ein. Paul ist froh, dass sie sich sogleich abgewandt hat, dennoch schneidet das durch sein Gefühl.

Lenchen hat sich überreden lassen, allein mit dem Bruder auf den Rummel zu gehen. Schließlich kann man ja nicht immer vertrotzt in der Küche hocken und über die Treulosigkeit der Männer grimmen. Gut, man wird sich eben danach einrichten und es selbst auch nicht mehr so schwer mit der Liebe nehmen!

„Muss es denn, muss es denn gleich die große Liebe sein …“, jawohl, in dem Schlager steckt viel Sinn! Das Karussell kreist mit seinen weißen Gondeln und Pferdchen unaufhörlich nach dieser Melodie rundum, die gläsernen Fransen am roten Sammetvorhang klingeln lustig dazwischen und zuckersüß lächeln die schönen Frauen mit den geflügelten Lippen und über üppigen Rokokobrüsten, die auf die Leinwandverkleidung gemalt sind. In den Luftschaukeln kreischen die Mädels, ihr Haar flattert wild und die Röcke fliegen auf. Stürmisch sausen die Kavaliere vor ihnen in die Knie.

Jawohl, die Welt ist rund und dreht sich! Aber wir zwei drehen uns noch viel schneller in unserer Schmalzgondel, was Paulchen?

Grau umragen die verkalkten Mauern der Mietskasernen das lärmende Getriebe und düster hängt Regengewölk über dem grellen Taumel der Farben.

Lenchen wird ganz drehrig, fester drückt sie sich in des Bruders Arm. Gemächlich schlendern sie dann von Bude zu Bude, hungrig nach Schau und Belustigung gleich allen, die schwarz in ihrer Werkkleidung umherwandeln, die Schirmmützen im Genick. Manchmal kneift ein Arbeiter einer Göre in die Hinterbacke, andere unterbrechen die schnarrenden Ankündigungen der Schaubudenbesitzer mit derben Bemerkungen.

Jawoll, und ob det ein Tiermensch ist!, schreit der im weißen Kittel, vor dessen Podium die Geschwister jetzt stehen. Romelo ist von einem Wolf jezeugt und von einer menschlichen Mutter zur Welt jebracht! Die unglückliche Missgeburt, von einem August am Strick gehalten, stampft dazu eintönig unter dem lila Tuch auf die Bohlen und meckert kläglich. – Du Schafskopp du, du kannst wohl Wolf und Ziege nicht auseinanderhalten?, ruft ein Mann zu dem im Doktorkittel hinauf. – Und wenn ick Ihnen sehe, denn weeß ick nich, ob nu 'n Känguruh oder 'n Orangutang mit im Spiel war! – Paul und Lenchen sind der Meinung, dass dieser Tiermensch glatter Schwindel ist.

Lieber gehen sie in die Schönheitsschau, in der zwei nackte Weibspersonen „Lebende Bilder nach Modellen berühmter Meister" stellen. Eins heißt „Das Echo", ein anderes „Der Lustmord" und ein drittes „Die Unschuld auf dem Potsdamer Platz". – Alles ist anständig bei uns, soweit die Polizei das erlaubt, bemerkt die Ansagerin und reißt den Vorhang zurück vor der schwülen Seifenladenschönheit der beiden Weiber, die um die Lenden und auf den Brüsten durchbrochene schwarze Spitzen tragen und eine riesige orangene Straußenfeder im Haar.

Paul findet das abscheulich, dieses speckig quellende Fleisch unter dem leichten Flitter, er lacht. Wider seinen Willen wird er an die Dame erinnert, an ihre Schenkel, die auch so hässlich fett waren. Da es ihn quält, an das Erlebnis auf der Insel erinnert zu werden, stellt er sich Lenchens zarten Körper vor. Süß ist der, so geschmeidig und schlank. Ganz von ungefähr drückt der Bruder die schmale Hand, die in der seinen liegt.

Sie gehen dann zur Sporthalle, in der Männer mit gewaltigen Bäuchen und Muskelarmen aufeinander losboxen und schnaufend ringen. Sie haben kurzes Borstenhaar oder Glatzen, Stirn und Nasenrücken sind wie bei Stieren. Wenn sie gehen, schaukeln sie vor Wucht wie Elefanten. Erst pflanzen sie sich mit verschränkten Armen, erstarrt in sieghafter Pose, draußen auf dem Podest auf, und der Besitzer, der gut seine drei Zentner wiegen mag, reizt sie grinsend durch Lob und Tadel und so, als ob er Vieh in den Weichteilen juckte. Er spielt einen gegen den andern aus. Die Sieger der letzten Vorstellung sind fabelhafte Helden und Weltmeister und die andern schlappe, feige Affen. Es entsteht ein wüstes Geschimpfe zwischen den Gewaltigen, es hagelt Herausforderungen – und das Publikum stürmt die Kasse. Zu Beginn kämpft man noch nach den Regeln, doch mählich werden die Athleten durch den Hohn des Besitzers und die Zurufe des Publikums dermaßen in Wut versetzt, dass sie blindlings und roh dreinschlagen.

Die Geschwister wollen nach jeder Vorstellung gehen und doch zahlen sie immer wieder die zwanzig Pfennig für die nächste. Sie fühlen sich aufgewühlt beim Anblick dieser „Massage", die jenen Muskelwänsten eine Wollust zu sein scheint. Die ganze dicht gefüllte Bretterbude ist zum Ersticken voll von Tabaksqualm, Schweiß und dem Dunst dumpfer Geschlechtlichkeit. Der Ringkämpfer Döhring – wie der Besitzer sagt, „Meister von Schlesien" – bleibt beim Nachkassieren vor Paul stehen und mustert ihn wie ein Kalb.

Na und?, fragt er dann heiser. Jeborenes Leichtjewicht! Keene Lust, he?

Paul verneint, lächelt angewidert.

Hier kannste dir 'n schönet Sticke Jeld verdienen, mein Jungeken! Und dann: der Ruhm! Uns fehlt eener in die Truppe, der jejen Lehmann antreten kann.

Paul sieht zu dem Rotblonden mit der langen Sattelnase hinüber. Zweifellos war er früher Schlachthofgeselle. Wenn er triumphierend grient, scheint das Gesicht in zwei Hälften gespalten zu sein.

Der „Meister von Schlesien" geht weiter. Lenchen macht den Bruder darauf aufmerksam, dass Döhring mit dem Besitzer spricht und auf ihn hinzeigt. In einer plötzlichen Furcht arbeitet sich Paul durch die Masse der Zuschauer ins Freie, bevor der Besitzer ihn erreicht. Lenchen folgt dem Bruder widerwillig. Es gefiel ihr gut in der Sporthalle.

Draußen ist es derweil dunkel geworden. Überall baumeln rote und grüne Birnen, das Karussell brennt in düsterem Karmin und tiefem Gold. Paul ladet das schmollende Lenchen ein. Sie setzen sich nebeneinander auf zwei stolze Schimmel und flitzen rundum nach der ewigen Melodie: „Muss es denn, muss es denn gleich die große Liebe sein, kann man denn, kann man denn eine Nacht nicht glücklich sein ...“ Begeistert wirft Lenchen das Haar in den Nacken und blitzt den Bruder ganz so an wie all die kessen Mädels um sie herum. Paul, froh, dem grinsenden Besitzer entwichen zu sein und entzündet von den Erregungen dieses Abends, beugt sich zur Seite und küsst die Schwester stürmisch in das Haar. Lenchen weiß, dass sie jetzt kichernd aufzulachen und ihm einen Backenstreich zu versetzen hat. Sie tut es.

Dann sausen sie noch einmal Auge in Auge mit der Luftschaukel in die Sterne, vertilgen, noch ganz schwindelig, im Bierzelt ein Paar Wiener Würstchen und verlassen Arm in Arm den Rummelplatz.

Wer sie so gehen sieht, wird sie kaum für Geschwister ansehen, eher für Liebesleute. Die Stadt schlägt einen Mantel von Rauchgrau und Milchrot und dumpf verrollender Bewegung um ihre Gemeinsamkeit, die nun eine zweifache ist: die Verlassenheit, in die sie beide, kaum erweckt, verwiesen wurden, und der Taumel des Rummelplatzes, der fortkreist in ihrem Blut.

Sie sprechen kein Wort, drängen nur die Hände ineinander und haben verdunkelte Augen. Mitunter begegnen sie sich in einem Lächeln, das anders ist als früher, nicht mehr geschwisterlich, sondern heimlich und wunschgelöst. Paul denkt auch nicht mehr an die Dame, während sein Schenkel neben dem der Schwester hinschreitet, und Lenchen nicht an Fritz. Die Gleichheit des Bluts lässt das Verlangen, das Gewalt über sie gewonnen hat, nur noch süßer empfinden.

Daheim die Mutter schläft auf ihrer Matratze, ganz in des Vaters Mantel gekrümmt. Erna ist noch nicht da.

Behutsam suchen die Geschwister ihre Lagerstatt und legen die Kleider ab. Wie sie nackt sind, stehen sie für ein Kurzes reglos und belauschen einander mit hingespannten Sinnen. Hastvoller und immer gepresster ist des andern Atem zu hören und sehr bedrängt der eigene Herzschlag.

Eine leichte Blume, rankt sich des Mädchens Körper in den Dämmer der Nacht, wie volle Knospen, die sogleich süchtiges Verlangen sprengen wird, schweben die kleinen Brüste vor dem zierlichen Schaft.

Der Bruder beugt schwank sich vor, Schwäche höhlt seinen Leib. Doch die Füße sind wie gelähmt von dunkler Angst. Er hat sagen hören, dass es Frevel sei, die Schwester zu lieben. Er weiß nicht warum und höhnt seine feige Bedenklichkeit. Er muss an den Brief der Dame denken und ahnt, dass in ihren Worten Wahrheit war.

Früher schliefen wir immer zusammen, raunt Lenchen.

Hm.

Da waren wir aber noch Kinder.

Ja.

Ich möchte das einmal wieder, mit dir schlafen, Paulchen! Das war doch schön!

Lenchen! – Jäh reißt Paul das Mädchen an sich heran und hoch zu seinem Munde. Ihre Körper, ihre Lippen verschmelzen so ineinander, dass nur eine Gestalt noch da ist, die in dem dumpfen Raum zu schweben scheint.

Später wird die Mutter durch ein Geräusch geweckt. Sie richtet halb sich auf und will erkennen in der Finsternis. Es ist nichts zu unterscheiden. Sie tastet nach Pauls Decke. Die liegt noch ineinandergeschlagen. Aber es ist doch das Atmen der Kinder zu hören und anders als im Schlaf? Jetzt ist wieder das Geräusch da, das die Witwe weckte und das nicht misszudeuten ist. Auch raunt Lenchen Zärtliches und küssen sie sich.

Sacht lässt die Mutter sich zurücksinken. Tränen lösen sich aus ihren Augen, die weit offen bleiben. Das ist unsere Schuld, Vater!, wenden sich ihre ratlosen Gedanken an den toten Mann. Wir hätten danach trachten müssen, dass die Kinder nicht in einer Stube groß werden. Jetzt sind sie so weit, dass sie nach Liebe zu suchen beginnen. Da muss es nun wohl so sein, da hilft keine Mahnung mehr. Aber Erna darf davon nichts wissen, sonst haben wir alle keine gute Stunde mehr!

Die Mutter hustet auf wie oft im Schlaf und hustet lauter, da es drüben still bleibt. Dann flüstert Paul: Schlaf süß, Kleines!, geht zu seiner Lagerstatt hinüber, wickelt sich in seine Decke und schläft bald ein. Auch die Witwe will sich nun wieder der Müdigkeit hingeben, doch bleibt ihr Schlaf flüchtig und voll wirrer Unruhe.

Wie Erna eintritt, schreckt sie wieder auf. Die Tochter bemerkt es.

Warum schläfst du denn nicht, Mutter?

Ich hatte nur wieder so Husten.

Erna entkleidet sich vor ihrem Bett, hin und wieder seufzt sie schwer auf.

Was ist denn, Ernchen?

Gar nichts ist, was soll denn sein? Schlaf du nur endlich!

Später hört die Mutter, dass die Tochter in ihr Kissen weint. Sie wendet den Kopf zu Erna hin: Hat Klappert dir etwas angetan?

Angetan? … He! Gemerkt hat er, der Lump, was die Glocke geschlagen hat, und mir 'n Laufpass gegeben. Diese Männer! He, Pack alle miteinander! … Aber sein Wurm, det lass ick nich am Leben! Det schaff ick beiseite, grad dass es zu krakeelen beginnt. Passt nur auf!

Die Mutter erwidert nichts. Starr, mit übernächtigten, leeren Augen liegt sie da auf dem Boden unter dem Mantel des toten Gatten. Als wäre sie eine Wache vor dem Schicksal ihrer Kinder.

Am nächsten Morgen, wie Paul zum Waschen in die Küche tritt, sieht er die Augen der Mutter getrübt und in flehentlicher Bitte auf sich gerichtet. Er muss die Stirn senken vor diesem Blick, der das von Schuldbewusstsein bedrängte Herz zerreißt. Mit unsicheren Füßen kehrt er in die Stube zurück, in der Lenchen noch schläft, in wohliger Gelöstheit. Wie er sie hasst und all ihre Lieblichkeit, die das reine Morgenlicht überblüht, die begehrliche Schwellung der Lippen, den glasblauen Flaum über den geschlossenen Lidern, den er eben noch küsste wie die zarte Knospe der entblößten Brust und das glänzende, von der Nacht verschlungene Haar. – Ich hasse sie, ich hasse all ihre Reize, die mich nur immer wieder versuchen werden! Ich liebe sie ja gar nicht richtig, wie das so sein muss! Ich fühle nichts für sie, gar nichts! Aber ich werde schon wieder schwach, wie ich sie jetzt ansehe!

Der Hass wandelt sich in wilden Schmerz, in bittere Traurigkeit. Mit dieser Nacht sind ihm jene feuchten, schwellenden Lippen zum Taumel geworden und die Haare und die Brüste und der heiße, zuckende Leib der Schwester. Aber mit jeder Stunde, die diesen Taumel erneuert, wird das Schuldgefühl ihm nur mächtiger den Nacken beugen, werden die flehenden Augen der Mutter ihn fürchterlicher durchbohren. Zuletzt überkommt ihn böses Gelächter: Nun werd ich's ebenso treiben, wie die Frau Doktor, die es ja wissen muss, mir geraten hat: ohne Besinnen genießen, jawoll!

In diesem gewaltsamen Widerstreit der Gedanken und Empfindungen verbringt Paul die folgenden Wochen, immer von Neuem gegen die Schwäche kämpfend, zu der Lenchens Gegenwart ihn übermannen will. Es geschieht, dass er sie schlägt in verquältem Hass und im nächsten Augenblick herzt und zärtlich mit ihr ist in verleugnetem Begehren. An andern Tagen verharrt er in schroffer Schweigsamkeit, vor der die Schwester sich zu fürchten beginnt. Und immer häufiger läuft er plötzlich davon und bis spät in die Nacht durch die Straßen.

Bis – denn zu nahe wohnt Blut bei Blut, das, einmal geweckt und herrisch gestaut, nach immer neuer Befreiung verlangt –, bis die Nötigung der Enge Gewalt findet über den Widerstrebenden und er sich in einem herzlosen Übermut, der sich bald zu Raserei steigert, zu der Schwester stürzt, die sich seinen grausamen Umarmungen nur immer wollüstiger preisgibt. Frieden, selige Ruhe bringt nur noch die völlige Erschöpfung. Dann beginnt der qualvolle Kampf von Neuem.

Für andere ist Liebe ja wohl der Himmel, denkt Paul, wenn er nach solchen Stunden der Verfallenheit zerknirscht und ohne Trost mit seinen Reklameschildern im Zuge der zehn dahingeht. Aber mich hat sie erst richtig in die Hölle gebracht, wohl weil das zwischen Lenchen und mir etwas ganz anderes ist als Liebe! – Er erinnert sich an das Sprungspiel der Kinder am Kanal und schüttelt wie damals verneinend den Kopf. – Man gut, dass ich den Tag über hier mit den Pappen herumlaufen kann!

Doch im November werden die zehn von der Firma entlassen. Erst nach Neujahr, zur Zeit der Inventur, sollen sie sich wieder melden. Anderswo findet Paul keine Arbeit. Was nun?

Kameradschaftlich überlegt Lenchen mit ihm hin und her. Sie liebt, da wo der Bruder nur vom Zwang der Enge und der überhitzten Begehrlichkeit seines Alters überwältigt wird. Und weil Pauls plötzlich so jäh gewordenes Wesen ihr unheimlich ist, bemüht sie sich mit nur vermehrter Zärtlichkeit um ihn.

Die Geschwister denken daran, einen Straßenhandel anzufangen, mit Zigaretten oder mit Seife vielleicht. Aber dafür braucht man Kapital, um zunächst einmal Ware einkaufen zu können. Ja, jetzt würden ihnen die dreißig Mark wohl zustattenkommen, die Paul vom Rummelplatz übrig behalten hatte und die Lenchen derweil, ohne dass sein befürchteter Zorn eintrat, leichthin für ihre Eitelkeiten, für ein Spitzenhemd und seidene Strümpfe verschwendet hatte. Paul will seine guten Sachen versetzen, doch das redet die Schwester ihm aus. Die müsste er sich unbedingt erhalten, und überhaupt wäre das mit dem Straßenhandel jetzt im Winter eine schlechte Sache, immer so kalt und nass!

Ratlos sitzen die beiden am Küchentisch und liebkosen sich nur gedankenlos. Paul muss immer wieder an die

Sporthalle denken und an das Angebot des „Meisters von Schlesien“. Aber er empfindet einen solchen Abscheu gegen die Rohheit dieser Athleten, dass er nichts laut sagt. Lenchen würde von dieser Möglichkeit sicherlich begeistert sein und ihm keine ruhige Stunde mehr lassen.

Mutlos und auch hungrig legen sie sich auf ihre Matratzen. Die Mutter ist heute ohne den Emailletopf heimgekommen. Ja, bei Hasselbachs ist jetzt Schmalhans Küchenmeister. Da muss gespart werden für die Aussteuer von Fräulein Lilly. Die Weißnäherin ist schon tüchtig bei der Arbeit.

Was ist denn der ihr Verlobter?, fragt Lenchen.

Musiker ist der, berichtet die Mutter, na, der hat schon gar nichts! Aber immer obenauf und guten Muts ist solch ein Künstler. Sobald er kommt, walzt er pfeifend mit Fräulein Lilly durch alle Zimmer und paukt so doll auf das Klavier, dass es Frau Hasselbach jetzt abgeschlossen hat. Ich wollte ein gutes Wort einlegen, man sollte doch der Jugend den kurzen Übermut lassen, und so ein Musiker ohne Klavier wäre doch wie ein Fisch ohne Wasser. Da bin ich aber bei der Frau Rechnungsrat schön angekommen! Solche Luftikusse müsste man beizeiten an die Leine legen, und überhaupt hätte sie jetzt nicht das Geld über, um das Klavier vor der Hochzeit noch einmal stimmen zu lassen. Aber unser Herr Zeisig, so heißt der Musikant, ließ sich das nicht verdrießen. Jetzt hat er ein Bandoneon mitgebracht und orgelt damit in der Küche herum, bis Frau Hasselbach ihn an die Luft setzt. Heute zum Beispiel hat sie ihn auf den Boden geschickt, Wäsche holen.

Und das hat der wirklich getan?, fragt Lenchen. Na, so ein Kamel!

Tja, Musiker sind wohl sehr umgängliche Leute, meint die Mutter, die sind für alles zu haben, wenn sie nur nachher wieder tüchtig Radau machen können.

Die Geschwister können keinen Schlaf finden, sie grübeln darüber, wie Paul zu Verdienst kommt. Jetzt erinnert sich auch Lenchen des Angebots in der Sporthalle. Im ersten Augenblick ist sie ganz glücklich darüber, besonders weil Paul doch so schön stark ist und Boxer ihr Typ sind. Doch seit sie dies zum ersten Mal gedacht hat, ist aus dem Bruder der Geliebte geworden. Wenn sie ihn nun schlagen und ihm sehr wehe tun? Nein, das könnte sie nicht mit ansehen, schon bei dem Gedanken krampft sich ihr das Herz. So bekämpft sie standhaft die Versuchung, Paul an den fehlenden Leichtgewichtler zu erinnern. – Aber wenn er es nun doch tun würde? Sicherlich könnte er ein ganz gutes Geld in der Sporthalle verdienen. Und der Paul wehrt sich verdammt seiner Haut! Das hat sie ja damals bei der Schlägerei mit Oskar Gellert erlebt. So fragt sie ihn nun doch.

Paul antwortet nicht gleich, dann gibt er zurück: Ich habe schon selbst daran gedacht. Aber die Kerle sind ja zu gemein, die prügeln einen ja zuschanden! Und in der ersten Zeit würde ich auch noch nichts verdienen, da müsste ich doch erst mal boxen lernen.

Hm. Das ist schon alles wahr, bestätigt die Schwester. Ich würde auch nicht zusehen können, wenn du mit dem Lehmann kämpfst.

Diese Worte freuen und ermutigen den Bruder so sehr, dass er sich nun doch entschließt, morgen Abend heimlich in die Sporthalle zu gehen und nachzufragen.

Das Karussell und die Luftschaukeln sind schon abmontiert. Frostig und tot hängt der Winterabend in dem nackten Gestänge.

Richtig, der Leichtgewichtler fehlt uns noch, sagt der „Meister von Schlesien“, Herr Döhring, noch schweißnass vom eben beendeten Ringkampf mit seinem Partner, François Braillard, der großartig als französischer Weltmeister angekündigt wird.

Komm mal mit zu Grello'n!

Der dicke Besitzer kneift und pufft Paul am ganzen Körper, dass der vor Schmerzen eine Grimasse zieht. Hehe, mein Jungeken, weh tut das schon mitunter. Aber daran gewöhnt man sich, meint Herr Grello und grinst quer über sein breites Gesicht, das von brutalen Falten zerschnitten wird. Na, ich will's mal mit Ihnen versuchen, Brust und Arme sind ja schon ganz nett, Reichweite auch gut. Unterleib sehr schwach, muss feste trainiert werden!

Lassense man, Herr Grello, sagt Döhring, wenn Lehmann da 'ne Weile rinjefenstert hat, kommen die Muskeln von janz alleene!

Grello weist das entschieden und väterlich zurück. Von wegen reinfenstern! Ich lasse mir meine Leute nicht zu Krüppeln schlagen! Die müssen für Monate und Jahre in Form bleiben! Hier, sehen Sie sich diesen Döhring an, Herr Schwarzer, sowas ist schon an die acht Jahre bei mir und freut sich heute noch jeden Abend auf seine Abreibung. Sonst schmecken ihm nachher die Bouletten nicht. – Also abgemacht! Ich selbst und Lehmann werden jeden Vormittag mit Ihnen trainieren, so etwa einen Monat lang. Ich bewillige Ihnen ein Taschengeld von drei Mark pro Woche. Schäbig ist Peter Grello noch nie gewesen. Nach dem ersten Auftreten sprechen wir uns wieder.

Paul verwindet seine Abneigung. Am liebsten wäre er noch jetzt davongelaufen. Aber nun ist er einmal hier und darf keine Bangbüchse sein. So sagt er knapp zu allem ja und fragt nur noch: Und mit welchem Verdienst kann ich nach dem ersten Auftreten rechnen?

Dreißig Mark Anfangsgage, dazu die ausgesetzten Preise für die Siege. Von denen muss aber die Hälfte nach Schluss der Vorstellung an die Kasse zurückgezahlt werden. Buenas seras, Mussjöh!

Jeden Vormittag um zehn Uhr geht Paul nun zum Training in die Sporthalle. Lenchen bezeigte sich, wie sie von des Bruders Entschluss erfuhr, nun doch recht stolz auf ihn. Paulchen, du bist schon ein ganzer Mann! Da muss man ja aufpassen, dir ebenbürtig zu bleiben! … Nur die Bezahlung ist für die Katz! Da hast du dich mal wieder schön einseifen lassen! Na, ich werde mir den Herrn Grello schon vorknöpfen!

Das macht sie bereits am nächsten Morgen wahr. Mit einem Gesicht, wie es hochnäsiger nicht sein kann, pflanzt sie sich vor dem Gefürchteten auf: Sie, dicker Vater, das ist aber keine Bezahlung, was Sie meinem Bruder da anbieten! Dafür lässt der sich nicht mal auf den großen Onkel treten! Hübsch und kräftig, wie unser Paul gewachsen ist! Dem können Sie getrost etwas Vorschuss auf seinen Ruhm zuschustern! Mann Gottes, so ’n flotter Bengel macht Ihnen doch die Bude voll!

Herr Grello schüttelt nur sein gewaltiges Haupt und zischelt tzetze! durch die schwarzen Zahnstümpfe.

Tzetze kann ich auch machen! Hier, Pinkepinke, Dickerchen, anders werden wir nicht einig miteinander!

Na, also sowat Kesses ist mir auch noch nicht vorgekommen. Der Besitzer schlägt sich auf den Zentnerbauch, der vor Gelächter hüpft. Was haben Sie sich denn so gedacht, Sie kleener Jidd?

Fünfzig Mark Anfangsgage!

Worauf Grello so tut, als ob er nicht mehr an sich halten kann vor Entsetzen. Schließlich einigen sich die beiden auf fünfundvierzig Mark.

Überhaupt hat der Besitzer auch seine guten Seiten. Wenn Lehmann spaßeshalber aus dem Üben plötzlich Ernst machen will, fährt der Dicke sofort dazwischen, ja, es kommt ihm auch nicht darauf an, dem Lehmann ein paar hinter die Ohren zu versetzen. Der wird dann böse: Wartense nur ab, Herr Grello, det Stücke Elend da schlage ick Ihnen in die erste Stunde zu Mus! Der stirbt ja schon, wenn man ihm die Pfote drücken tut!

Herr Schwarzer!, quarrt Grello dann wie ein Major, lassen Sie sich von dem Knochen da nichts gefallen! Schlagen Sie, wo Sie hintreffen, ich erlaube es Ihnen! Und für jeden Mattenschlag werde ich Ihnen fünf Mark aussetzen! Paul durchschaut nicht, dass Herr Grello auf diese Weise bemüht ist, den Hass zwischen den künftigen Partnern zu schüren. Er glaubt, dass der Besitzer ihm wohlwolle und Lehmann in Schach halten werde. – Doch Grello denkt: Das Publikum will was sehen für sein Geld! Wenn ich diesen beiden Hahnepampels nicht beizeiten einheize, schlafen mir die Gäste ein!

Paul fühlt sich jedes Mal nach dem Training so lahm und weh, dass er meint, am nächsten Morgen zu keiner Bewegung imstande zu sein. Doch reißt er sich immer wieder zusammen, schlägt gegen den Übungsball und lässt sich von Lehmann „massieren“.

Nach kaum vier Wochen erklärt Herr Grello: Schwarzer, Sie sind reif für den Ring. Heute Abend treten Sie in drei Kämpfen gegen Lehmann an. Der Besitzer setzt fest, dass die Runden sämtlich unentschieden zu bleiben haben, und redet anscheinend sehr ernst auf Lehmann ein, Gesicht und Unterleib des Gegners zu schonen. Seien Sie fair, Lehmann! Sie sind fünfzig Pfund schwerer und ein erfahrener Boxer! Wenn Sie dem Schwarzer was antun, zahlen Sie hundert Mark Buße!

Der Partner spaltet sein Gesicht in zwei Hälften: Wenn der mir haut, hau ick ihm wieder! Und wat die Regeln erlauben, det erlaubense mir! Wenn Sie mir gegen den Knirps antreten lassen, denn werdense ja wissen, wat Sie tun! Ick lass mir vor den Leuten nich zum Affen machen!

Unter solcherlei Aussichten steht Paul am Abend zum ersten Mal im Ring. Er spürt eine Beklemmung auf der Brust und Unsicherheit in den Knien. Herrisch zwingt er sich zur Ruhe, lehnt sich lässig in seine Standecke und hängt die Hände mit den Boxhandschuhen in die Seile.

Die Zuschauer mustern ihn bei der Vorstellung mit offenbarem Wohlgefallen. Besonders die Mädels wollen nicht aufhören mit dem Klatschen. Döhring, der den Kampf leitet, führt ihn ein als Schwarzer-Hamburg, Besitzer der silbernen Medaille für Leichtgewicht, Internationale Kämpfe Wien 1927. Lehmann-Berlin, Mittelgewicht, dem bereits eine goldene Medaille angelogen wird, findet kaum Beachtung. Der erste Kampf geht über zwei Runden, kündigt Döhring weiter an, Zeitdauer jedes Mal zwei Minuten. Dann gibt er das Zeichen.

Abschätzend und zielend spielt sich Paul um Lehmann herum, versäumt aber die Flankendeckung, ist plötzlich in die Seile gedrängt und wird vom Gegner im Clinch schonungslos bearbeitet.

Kopfdeckung, Schwarzer!, rufen die Zuschauer.

Und Döhring höhnt: Ran, Schwarzer, ausschlafen kannste zu Hause!

Paul schlägt vor, trifft aber ins Leere. Lehmann feixt. Da hat er einen Treffer in der Kehlgrube, dass er torkelt.

Feste Schwarzer, gib ihm!, brüllen die um den Ring.

Lehmann hat die Angewohnheit, auf solche Zurufe hin dumm nach den Schreiern zu glotzen und ihnen herablassend zu drohen. Paul nutzt das aus und schlägt einen Volltreffer in die Herzgrube, dass der Gegner hinschlägt. Die Zuschauer stimmen ein Triumphgeheul an, Döhring zählt aus. Bei fünf wälzt sich Lehmann auf die Unterarme, bei sieben geht er gegen Paul an, jetzt in blinder Rage. Im nächsten Augenblick liegt Schwarzer auf der Matte, nach Luft japsend und die Glieder werfend. Magenschlag. Der Kampf wäre jetzt bereits entschieden, wenn Döhring nicht bei sechs Pause ankündigte.

Bei Beginn der zweiten Runde ist Paul noch kaum wieder bei sich. Er reißt sich zusammen und greift, gereizt durch den Schmerz, den Partner rücksichtslos an. Wieder bringt er ihn auf die Matte und wieder liegt er selbst am Schluss der Runde wie verendend.

Das Publikum protestiert erbittert. Eine Gemeinheit ist das, eine Viecherei! Das sind doch keine Gegner! Fünfzig Pfund Gewichtsunterschied!

Herr Grello muss kommen und die aufgebrachten Gäste durch allerlei Ausflüchte, wie mit Schwarzers Gewandtheit und Reichweite zum Beispiel, beruhigen. Im Stillen bucht der dicke Besitzer diese erste Probe als einen guten Erfolg. Das Publikum ist aus dem Häuschen und also bei der Sache! Das letzte Pflaster der Besänftigung sind die zehn Mark, die er Paul gemäß seinem Versprechen für die zwei Mattenschläge großartig auszahlt, und ferner die Aufforderung zum Beifall für Herrn Schwarzer, den dieser mit schwachem Aufheben der Fäuste bedankt.

So geht das nun Abend für Abend die drei Kämpfe hindurch, zwischen denen Paul sich auf einem alten Gartenstuhl im Vorraum erholen kann. Mit der Zeit lernt er, seine Gewandtheit gegen die blöde Schwerfälligkeit Lehmanns besser auszuspielen. Oft ereignen sich dabei sehr komische Überraschungen, mit denen Paul sich immer mehr zum Liebling des Publikums macht, das ihm mittelbar Hilfe leistet, indem es Lehmann unaufhörlich durch Zurufe ablenkt. Der fällt regelmäßig darauf rein. Doch oft genug muss Paul noch diese List, die den Gegner nachträglich in Wut bringt, mit bösen Knockout-Schlägen büßen und sich in der erlösenden Pause ohnmächtig oder blutend abschleppen lassen.

Lenchen hat einmal den Boxkampf mit angesehen und dann nie wieder. Ihr wurde schlecht, wie sie Lehmann auf Paul einschlagen und den Bruder stöhnend am Boden sah. Aber zu Herrn Grello ist sie am nächsten Morgen heimlich gegangen und hat erst schmeichlerisch um Schonung für Paul gebeten, jedoch, wie der Besitzer nur lachte, ihm mit der Polizei gedroht.

Herr Grello verlor seine fette Ruhe und versuchte etwas an dem Mädchen, worauf die nicht gefasst war. Sie kratzte ihm das Gesicht und biss so wild in seine Hand, dass Grello sie schnaufend vor Schmerz und Ingrimm laufen lassen musste. Doch Paul hat seit diesem Ereignis keine gute Stunde mehr bei dem Besitzer. Grello hetzt

Lehmann hinter seinem Rücken gegen ihn auf, lässt immer häufiger „freien Stil“ für den Boxkampf ankündigen und denkt nicht mehr daran, Paul die versprochenen Prämien auszuzahlen. Kaum, dass er für den Januar eine Erhöhung der Gage auf fünfzig Mark bewilligt hat.

Paul fürchtet, dass seines Bleibens in der Sporthalle nicht mehr lange sein kann. Lehmann hat ihn bereits zweimal empfindlich verletzt. Die Tage, die er dadurch kampfunfähig wurde, hat Grello ihm in der Gage abgezogen. Und die andern Kollegen sind auch nicht gut auf ihn zu sprechen, weil er nach Schluss der letzten Vorstellung immer gleich heimgeht, anstatt ihnen und den Dirnen, die dazugehören, in den Bierkeller zu folgen.

Wir sind wohl keene Jesellschaft vor dir, wat? Det Klatschen der Doofköppe is dir wohl in de Krone jestiegen? Na warte nur, Lehmann wird dir schon noch Kollejalität einbläuen!

Paul nimmt alles hin mit verschlossenem Gesicht. Er hält durch, weil die zu Hause mit seinem Verdienst rechnen, jetzt mehr denn je. Die Mutter ist seit zwei Wochen bettlägerig. Sie ist, noch nass von dem Wasserdampf der Waschküche, eines Abends durch eisigen Schneeregen nach Hause gelaufen. Davon hat sich ihr Husten sehr verschlimmert und eine heftige Fiebergrippe ist hinzugekommen.

Das Weihnachtsfest ist unter diesen Umständen recht still. Die Kinder haben ein kahles Bäumchen mit Lametta und silbernen Äpfeln überputzt und sitzen nun schweigend um Lenchens Bett, in das sie die Kranke genötigt haben. Die zwei alten Schwestern in der Unterwohnung singen mit ihren fistligen Stimmen einige Weihnachtslieder. Wie gut man jedes Wort hört!

Erna liegt auf ihrer Matratze, futtert aus einer Tüte Marzipan und knackt Nüsse. Sie ist mürrisch und gallig wie schon seit Wochen. Kalt wäre es in dem Stall wie in Sibirien! Nicht mal zum Fest sind Kohlen da! Und wenn Paul ein so herrliches Luftloch in die Scheibe hätte schlagen können, dann hätte er ja auch schon seit zwei Jahren für eine neue sorgen dürfen. Aber so einer wie du ist ja grade gut genug für allerlei Allotria und um sich den Rücken verbläuen zu lassen.

Paul verliert nun doch die Geduld. Bisher hatte die Mutter ihn immer wieder besänftigt.

Erna, du bist ein ganz niederträchtiger Mensch, das will ich dir nur mal sagen! Du hast ja überhaupt kein Herz! Du verdienst am meisten von uns, aber alles wird verjuxt mit den noblen Kavalieren, die dich hübsch bezahlen lassen! Wenn du solche Angst vor der Zugluft hast, hättest du ja schon längst eine neue Scheibe bestellen können! Und jeden Abend dürfen wir zusehen, wie du dein Viertel Aufschnitt mit allen zehn Fingern in den Rachen stopfst! Und jetzt schmatzt du uns da was vor mit deinen Süßigkeiten und Nüssen. Für unsere Mutter hast du überhaupt noch keinen Groschen übrig gehabt. Neulich wolltest du nicht mal die Tabletten mitbringen, die sie so nötig braucht, weil du sie ja dann hättest bezahlen müssen! Pfui Deibel, was bist du für eine Kanaille!

He, na und du? Rohling, Boxer! Sowas glaubt, mir was sagen zu dürfen! Ich hab ja gehört vom Herrn Mulack im Büro, wie sie dich in der Sporthalle vermöbeln! Scheinst noch immer nicht genug zu haben! Ein Stücke Dreck bist du, weiter nichts! – Die Schwester speit vor Verachtung gegen die Wand. Paul will aufspringen vom Bett der Mutter, doch die hält ihn am Handgelenk.

Lass sie, Paulchen! Ein jedes hat so seine Art und sein Päckchen Schmerz und Trübsal, das ihn hart genug drückt! Musst du morgen auch in die Sporthalle?

Der Sohn nickt.

Die Mutter schließt die Lider, die ganz grau und wie ledern sind. Sie möchte etwas sagen, schweigt aber und streicht nur noch zärtlicher über Pauls Handrücken.

Lenchen hat sich indessen etwas zurechtgeputzt. Es ist heute doch Feiertag! Paul hat ihr einen Lippenstift und auch ein Paar Strümpfe geschenkt. Nun hat sie sich die Lippen purpurn angemalt und Schatten unter die Augen. Betörend sieht sie so aus, empfindet Paul. Überhaupt ist aus der Schwester in den letzten Wochen eine richtige kleine Dame geworden. Sie ist gewachsen und voller in den Brüsten. Die rote Schleife trägt sie schon lange nicht mehr.

Sie winkt den Bruder an die Küchentür und tuschelt ihm ins Ohr: Ärgere dich doch nicht mit der da herum! Am Weihnachtsabend! Übrigens, sag mal Paulchen, hast du noch ein paar Kröten?

Hm. So sechs Mark.

Wollen wir nicht etwas tanzen gehn? Das ist doch kein Christfest hier! Einmal im Jahr könnten wir uns doch wirklich amüsieren!

Paul hätte wohl Lust, schon um Erna heute nicht mehr sehen zu müssen. Aber er möchte die Mutter nicht allein lassen. Erna würde ihr ja kaum ein Glas Wasser bringen.

Schmeichlerisch schmiegt Lenchen sich an ihn. Paul schaut sie an und ihre geschminkte Verlockung. Er wird erregt und fühlt den hitzigen Wunsch, sich mit ihr zu vergnügen. Seitdem die rohe Körperlichkeit der Sporthalle auf ihn einwirkt und Abend für Abend die gelockerte Sinnenlust seines Alters sehr aufreizt, ist er seinem Verhältnis zu Lenchen, wie er das selbst nennt, völlig verfallen und lässt auch keinen Bedenken und Gewissensängsten mehr Raum. Ob das nun Liebe sein mag oder nicht, wenigstens müssen's wir beide nun mal miteinander treiben, Punktum. Und wenn's der Pope zehnmal verflucht und der Khadi zehnmal bestraft, darum ist's nicht weniger süß! Bei 'ner Nutte holt man sich nur eine Krankheit, und sonst ein Mädel kann ich mir nicht leisten. Na also!

In ihren Augen lesen die Geschwister das leidenschaftliche Einverständnis über das Nachher. Sie sagen zur Mutter, dass sie tanzen gehen wollen.

Am Weihnachtsabend! Das wär sowas!, fährt Erna dazwischen.

Doch die Witwe nickt freundlich, ganz wach werden ihre stumpfen Augen dabei.

Ja, und warte mal, Paulchen, reich mir doch mal meinen Säckel aus dem Jackett. Siehst du wohl, das wusste ich doch, da ist noch eine Mark. Hier, davon trinkt ihr zwei man einen Glühwein auf meine Gesundheit. Der wird euch schön wärmen.

Lenchen zuliebe, die so sehr darum quengelt, legt Paul seinen guten Anzug an, dann gehen die beiden.

Wie sie aus der Flurtür sind, sagt Erna: Wenn Lenchen so weitermacht, kann sie ja bald auf den Strich gehen! Dass du die beiden so laufen lässt und ihnen sogar noch Geld gibst, ist geradezu ein Verbrechen! Ich hab ja schon lange gemerkt, dass die was miteinander haben. Aber ich passe auf, das kann ich dir nur sagen!

Die Mutter müht sich auf die Seite. Ein Hustenanfall quält sie. Paul hätte ihr nun das Kissen untergeschoben und ihr von dem Saft gegeben, der so schön beruhigt. Nun muss es auch so gehen. Nachdem der Anfall sich gelegt hat, meint die Witwe mit einer kaum vernehmlichen Stimme: Du hast dich ja das ganze Jahr über amüsiert, Ernchen. Da könntest du den Kindern das eine Vergnügen schon gönnen.

Dann nimmt das Fieber wieder Besitz von ihr und schüttelt den ausgezehrten Körper.

Im „Englischen Hof“ geht es heute besonders stimmungsvoll zu. Die Mädchen, die so um den Alexanderplatz herum ihr Revier haben, sind von den andern kaum zu unterscheiden, so weihnachtlich haben sie sich zurechtgemacht. Und der Conferencier hat sich als Knecht Ruprecht verpuppt und reißt heute nur anständige Witze. Wer nicht rundtanzt oder zu vertraulich wird, bekommt eins mit seiner Rute. Man walzt nach der Melodie von „Alle Jahre wieder kommt das Christuskind“ und tanzt den Charleston, während die Kapelle „O du fröhliche, o du selige …“ spielt. Es brennen dann nur die beiden hohen Tannen in den Ecken. Und die altersgrauen Wände mit der Rosettenbemalung, die schon der Urgroßväter Lustbarkeit umschwiegen, leuchten jung wie Kinderwangen im Widerschein der Kerzen.

Paul und Lenchen trinken Glühwein und tanzen fast ohne Pause. Eine der beiden Kapellen auf den Eckbalustraden spielt ja immer. Die Musiker sind heute im Frack und tragen spitze grüne Hütchen und weiße Bärte.

Lenchen fühlt sich so geborgen in Pauls starken Armen, ganz fest drückt sie den Kopf an seine Brust und lässt sich ungestüm das Haar küssen. Paul hat die Zärtlichkeit des Mädchens noch nie als so süß empfunden. Alles Bittere und Harte muss man darüber vergessen und nur noch wie durch einen dichten Schleier für Sekunden daran denken. Das macht der viele Glühwein und das Tanzen! Wie lustig alles schwankt und kreiselnd ineinander verschwimmt und nur noch ein rauschendes Lachen ist!

Lenchen, süße Puppe, kleiner Posaunenengel am Weihnachtsbaum! Rumtarum, rumtarum, hoppla, Prinzessin Helene! Jetzt haben wir aber ’ne kesse Sohle aufs Parkett gelegt, was?

Och, Paulchen, Paulickepaulacke, was bist du für ein schöner Mann! Was machst du denn mit dem Knie, du kleiner Schäker? Und jetzt wackelst du mit dem Kopf, richtig wie ein Weihnachtsesel! Tischlein deck dich, Eslein streck dich …

Helene, du bist die Schönste im ganzen „Englischen Hof“!

Nach Hause gehen? I wo! Denkst du, ich will auf Ernas Nussschalen weitertanzen?

Was sagt der Ruprecht? Dies ist die Nacht der Liebe? Das stimmt aber auch! Wir sind ja noch so jung, o Tannenbaum, o Tannenbaum! Alle Jahre wieder gehn wir nicht nach Hause!

Doch um drei Uhr ist Schluss, da müssen sie sich dann doch auf den Heimweg begeben. Wie sie die breite, knarrende Treppe hinuntergekommen und durch die vielen Straßen getrollt sind, das wissen sie am nächsten Vormittag nicht mehr so genau. Paul entsinnt sich nur noch, dass er auf eine Laterne geklettert ist und den Mond unterm Kinn kitzeln wollte. Und seine Mütze, die hat er einer Katze richtig über den Kopf geworfen. Die ist in weiten Sätzen mit ihr davongesaust und in einem Kellerloch verschwunden. Das war mal eine lustige Jagd! Lenchen hatte sich in den Schacht vor dem Kellerfenster gehängt, Paul hatte sie an den Füßen festgehalten. Die Katze war durch einen Spalt in der Scheibe entwischt, doch die Mütze wurde gerettet.

Zu Hause haben sich die beiden wie zwei alte Leute die Stiegen hinaufgeschleppt und sich sorgsam beim Auskleiden geholfen. Paul hatte grübelnd vor seinem Bett gestanden und immer nur gemurmelt: Ich bin lang und das Bett ist doch quer, wie soll ich denn da hineinkommen? Bis ihn Lenchen auf die Matratze niederdrückte und die Beine einzeln nachhob. Der Rausch steigerte ihren gemeinsamen Schlaf in nie erfahrene schmerzliche Wonne.

Zwischen Weihnachten und Neujahr besucht der junge Herr Hasselbach die Schwarzers. Eine Flasche Südwein bringt er mit und Gebäck.

Hier, Frau Schwarzer, das schickt Ihnen Mutter von der Hochzeit. Sie lässt Ihnen gute Besserung wünschen und fragen, ob Sie bald wieder waschen kommen können. Mutter ist schon ganz ratlos. Die Wäsche liegt bereits seit vier Wochen.

Die Witwe ist sehr erfreut über den Besuch des jungen Herrn und die guten Sachen. Matt stützt sie sich auf den Ellbogen und bittet Herrn Hasselbach, sich doch zu setzen. Ja, es ginge ihr schon viel besser. Gleich nach Neujahr würde sie wohl kommen können. – Ich hab mich ja schon selber oft gefragt, wie die Frau Mama nun bloß fertig wird, grad wo doch die Hochzeit ist. War es denn hübsch? Fräulein Lilly hat wohl reizend ausgesehen? Das habe ich ja nun alles versäumt.

Der junge Herr muss sich erst an die verbrauchte Luft gewöhnen. Er nickt nur. Ja, sehr nett wäre es gewesen, sagt er dann, bis tief in den Morgen hinein hätten sie getanzt und getrunken. Lilly ist ja nun mit ihrem Mann in Schierke, zum Wintersport.

Lenchen mustert den Besuch seitlich von der Tür aus. Der dicke flauschige Mantel und die Lackschuhe sind ja sehr nobel, die gefallen ihr gut, weniger die grauen Knopfaugen und schon gar nicht die Nase. Die ist zu breit, eine richtige Gurke ist das ja! Paul ist zwar kein feiner Herr, aber hübscher ist er schon mächtig! Der sollte mal so einen schicken Mantel anhaben, denkt die Schwester. Vorläufig hat er noch gar keinen. Immer muss er in Vaters grüner Joppe herumlaufen.

Paul hat beim Eintreten des Gastes nur flüchtig Guten Tag gewünscht und hat weiter gelesen in seiner Sportzeitschrift. Der Schmutz und die Unordnung in der Stube sind ihm peinlich. Aber was hat so ein eleganter Herr hier auch einfach hereinzukommen!

Reichlich eng haben Sie es ja, meint Herr Hasselbach, das ist ja geradezu unhygienisch!

Im Winter ist es aber schön warm, entgegnet die Witwe, vier Menschen halten die Stube schon mollig.

Der Besucher verzieht das Gesicht. Gewiss, jeder hält's nach seinem Geschmack.

Paul sieht kurz auf, wendet sich dann aber wieder seiner Lektüre zu.

Sie sehen aber recht angegriffen aus, Herr Hasselbach, meint die Witwe, haben Sie noch immer so viel zu arbeiten?

Allerdings, so kurz vor dem Examen muss man schon mal dran glauben. Aber dafür habe ich ja auch die ganzen Semester herrlich verbummelt, immer feste weg Mensuren gekloppt und gekneipt! Tjaja, die schöne Zeit hat nun ihr Ende!

Da haben Sie doch wenigstens Ihre Jugend genossen, sagt die Witwe, mit einem Hustenreiz kämpfend.

Herr Hasselbach lehnt sich noch mehr in sein Rückgrat: Genossen? So kann man das wohl kaum bezeichnen. Der Burschenschaftler ertüchtigt sich zum Heil des Vaterlandes! Gebot der Stunde mehr denn je, seitdem wir die allgemeine Dienstpflicht nicht mehr haben! Sie sind ja nun Boxer geworden, nicht wahr?, wendet sich der Gast an Paul.

Der nickt nur und liest weiter.

Tüchtig ist das von Ihnen, Herr Schwarzer! Es kann gar nicht genug Sport getrieben werden. Sonst sind wir ja schlappe Affen, wenn's wieder mal hart auf hart geht. Und das wird's ja hoffentlich bald. Es wird alles anders, eher als wir denken!

Für uns bleibt es immer das Gleiche, erwidert Paul.

Herr Schwarzer, sagen Sie das nicht! Es kommt doch immer sehr drauf an, ob man Ideale hat, für die man leben und auch sterben kann, oder nicht? Die heutige Schandwirtschaft der Sozialen und Friedenssäusler ist doch alles andere als ideal! Das kann doch kein anständiger Mensch mitmachen!

Wir haben schon unser Ideal, da beruhigen Sie sich nur!, erklärt Paul mit kurzem Lachen und wendet sich wieder seiner Zeitschrift zu.

Ach wissense, Herr Doktor, mischt Lenchen sich jetzt ein, die politische Wirtschaft, die ist mir ziemlich piepe.

Wir haben früher Kohldampf geschoben und in solche Löcher gewohnt und tun es heute genauso. Was die Zeitungen so schreiben, das ist ja alles Quatsch! Wenn einer an der Spritze steht, der uns mehr Lohn verschafft und Kohlen, dann hat er unsern Segen. Ob der nu rot oder grün ist, bleibt uns tuttschnurzejal!

Halt die Klappe!, herrscht Paul die Schwester an. Red nicht über Dinge, von denen du nichts verstehst!

Ja, es ist allerdings doch verdammt kalt hier!, stellt Herr Hasselbach fest und erhebt sich unvermittelt. Das zieht ja elend durch die Pappe da! Und Gardinen haben Sie auch nicht vor den Scheiben? Da können Ihnen die von drüben ja schön reinsehen, Frau Schwarzer.

Die wissen schon, dass hier nicht viel zu sehen ist.

Also dann, weiter gute Besserung, und kommen Sie nur ja recht bald! Schreiben Sie vorher eine Postkarte.

Damit schwenkt der Gast seine Glocke leicht zu der Kranken hin. Paul und Lenchen beachtet er nicht weiter.

Ihr hättet man lieber den Mund halten sollen!, meint die Mutter, wie Lenchen von der Flurtür in die Stube zurückkommt.

Lass gut sein, Mutter, antwortet Paul, der feine Herr soll meinetwegen selig werden mit seinen Idealen, aber unsereins kann er in Frieden lassen! Wenn ich so viel Wissen und Geld hätte wie der, dann wüsste ich schon, was ich täte! Darauf kannst du dich verlassen! Kneipen und Mensuren kloppen würde ich wohl nicht.

Schon recht, Paulchen, sagt die Mutter, die schwach in den Kissen liegt und nach Atem ringt. Jeder hat seinen Platz und seine Pflicht. Die Bessergestellten haben auch den Buckel voller Sorgen. Und du bist ja schon ganz gut vorangekommen.

Der Sohn fühlt den Riss unter dem Schulterblatt brennen, den Lehmann ihm vorgestern wieder aufgeschlagen hat. Die Mutter weiß nichts davon, nur Ernas Bemerkung am Weihnachtsabend ließ sie ahnen, wie es in der Sporthalle so zugeht und dass ihr Junge jetzt eine schwere Zeit hat. Darum redete sie ihm auch so zu, doch mit Lenchen auf den Weihnachtsball zu gehen. Sie hat indessen vor sich hingeweint über das Los der Kinder, das sie nicht ändern kann.

Früher hatte sie in solcher Betrübnis zu dem Gott gebetet, der ihr als Kind gelehrt worden war. Doch ihr Bitten blieb ohne Gehör und alles ihrer schwachen Kraft überlassen. Sie begehrte nicht auf, sagte auch nicht dem Glauben ihrer Kindheit ab. Nur dass sie nicht mehr betete und ihre fromme Hoffnung auf die Zeit nach dem Tode verwies. Der Herrgott ist gerecht. Wenn er uns hier im Leben nicht hilft, dann wird er uns nach dem Tode glücklicher und zufrieden werden lassen.

Die Kinder teilen die Gläubigkeit der Mutter nicht. Erna und Lenchen lachen darüber, Paul schweigt, wenn die Mutter ihrer Zuversicht Ausdruck verleiht. Er will sie nicht kränken und unterlässt darum die Frage, wo denn irgendwo in der Welt die Gerechtigkeit sei und wo also der Herrgott? Die reichen Leute hätten vielleicht Grund, an ihn zu glauben und ihm zu danken. Aber die Proletarier müssten sich aus irgendeinem Grunde bei ihm arg in die Tinte gesetzt haben. Auf die schiene er recht böse zu sein. Die Mutter sagte oft, als Paul noch jünger war: Der Herr Jesus liebte die Armen und hat nur für sie gelitten. Ob die reichen Leute in den Himmel kommen, war ihm sehr fraglich.

Die haben ja dafür den Himmel auf der Erde!, meinte

der Junge darauf stets, aber wir haben niemals einen. Denn nachher fressen uns die Würmer!

Erna hat einen neuen Freund, Emil Reuscher mit Namen. Eines Tages saß er an ihrem Tisch in der Konditorei, die Erna nach Büroschluss gern aufsucht. Er musterte das Mädchen nur immer von der Seite und geriet in eine solche Erregung, dass er seinen Kaffee verschüttete und immerfort mit dem Löffel in der Tasse herumklingelte. Wie die Musik „An der schönen blauen Donau" spielte, gab Erna ihm durch Blicke zu verstehen, dass es nun genug sei mit der Klingelei und dass er sie ruhig ansprechen dürfe. So ergab sich dann eins aus dem andern. Emil wusste bald, woran er mit der Freundin war. In der ersten Ernüchterung wollte er sich zurückziehen. Doch musste ihn etwas sehr an das Mädchen fesseln, da er diesen Entschluss nicht wahr machte. Kam noch hinzu, dass Emil Reuscher, der Dekorateur von Beruf war, gegenwärtig keine Beschäftigung hatte und also darauf bedacht sein mochte, sich für das Nächste zu versorgen.

Erna ihrerseits fand Gefallen an dem neuen Freunde, weil er gefügig und nach ihrem Dafürhalten von angenehm beschränktem Verstande war. Auch die Tatsache, dass er Witwer war, stellte sie in Rechnung. Das sind ja zumeist sehr umgängliche Leute, dachte das Mädchen, die sind froh, wenn sie wieder in der Wolle sitzen.

Wie Emil ihr sagte, dass er die Miete für sein möbliertes Zimmer nicht mehr bezahlen könne, und sich ganz ratlos bezeigte, forderte die Freundin ihn auf, sie am nächsten Sonntag zum Kaffee zu besuchen. – Ich werde schon Rat schaffen. Deine Sachen kannst du gleich mitbringen.

Am Sonntagmorgen sagt Erna zur Mutter, die den Boden in der Küche scheuert: Emil kommt heute Nachmittag, Lenchen kann etwas Kuchen kaufen.

Die Mutter entgegnet, dass sie ihren Wochenlohn für die Gasrechnung zurückgelegt hätte. Doch die Tochter ist der Ansicht, dass man ihnen ja nicht gerade heute oder morgen das Gas sperren würde, nachdem es schon so lange nicht bezahlt sei. – Kuchen müssen wir schon haben. Wir können doch Emil nicht einfach eine Tasse Kaffee hinsetzen und weiter nichts. Plempig, wie unsere Brühe überhaupt schon ist! … Dem Emil ist es nämlich ernst, musst du wissen. Ich brauche dir ja nicht sagen, wie viel für mich davon abhängt, dass ich schnell an den Mann komme!

Die Mutter erwidert, während sie schwer atmend weiterscheuert: Ja, dann muss Lenchen wohl etwas Kuchen holen. Und auch ein Viertel echte Bohnen. Aber, was wird der Herr Reuscher sagen, wenn nun das Kind kommt?

Der? Pah, der hat überhaupt nichts zu sagen! Außerdem weiß er es schon und hat sich gefügt. Froh kann er sein, wenn er hier ein Dach über den Kopf bekommt.

Die Mutter hält inne mit dem Schrubbern, richtet sich auf und hebt einige Strähnen aus der Stirn. Hilflos schüttelt sie den Kopf, ganz grau und hohl ist ihr Gesicht noch von der Krankheit. Frau Hasselbach schickte zuletzt eine Rohrpostkarte. Wenn sie nicht dann und dann käme, müsste eine andere Aufwartung bestellt werden. Es ginge nicht mehr anders. In der Sorge um ihre Stelle ist die Witwe zu früh aufgestanden. Seitdem ist der Husten immer heftiger geworden und quälen sie auch Lungenstiche. Sie kann gar nicht mehr so recht zu Kräften kommen.

Was starrst du mich denn so an und schüttelst den Kopp?, ruft die Tochter verärgert.

Die Mutter muss sich setzen, ihr ist ganz schwindlig. Das kommt wohl von dem langen Bücken. – Ja, aber Ernchen, sagt sie endlich schwach, der soll nun auch noch hier wohnen? Das ist doch nicht mehr menschenmöglich! Wir sind ja schon zu vieren in der Stube, und bald kommt das Kind dazu. Da hat doch niemand mehr Platz! Und ihr könnt auch nicht in Pauls und Lenchens Beisein als verheiratete Leute leben!

Dann ziehen die beiden eben in die Küche und fertig ist die Laube!

Der Witwe wird dunkel vor den Augen. Sie tastet nach Ernas Hand. – Gib mir doch mal Wasser.

Hart setzt die das Glas vor sie hin. – Mit dir ist auch gar nichts mehr los, Mutter!

Nein, Ernchen. Vielleicht brauchst du nicht mehr lange warten. Dann kannst du hier schalten und walten, wie es dir passt. Wenn ich nur Paul und Lenchen vorher gut untergebracht wüsste!

Die? He, die können sich ja fein zusammentun. Paul verdient ja jetzt, und so gut wie verheiratet sind sie auch schon!

Diese Worte treffen die Mutter wie Faustschläge. In der Angst um die Kinder wächst ihr eine solche Kraft zu, dass sie plötzlich hoch und gewichtlos über ihrem Körper zu schweben meint, der sich schwach in den Stuhl zurücklehnt. Ihre Stimme, die sonst immer so heiser ist, klingt jetzt schrill: Erna, so etwas darfst du nicht noch einmal sagen! Paul und Lenchen sind meine Kinder grade so gut wie du! Ich lasse sie mir nicht schlechtmachen! Genau so, wie ich das bei dir nicht dulden würde, wenn einer auf das vaterlose Kleine zu sprechen käme!

Damit steht die Witwe auf, taucht das Tuch in den Wassereimer und scheuert weiter. Sie darf nicht müde und elend sein, sie muss sich aufrecht halten und arbeiten für ihre Kinder. Nach geraumer Weile hält sie inne und sagt noch: Menschen, die so schlecht dran sind wie wir, müssen trachten, dass sie im Guten miteinander auskommen.

Erna hat die Mutter noch nie so heftig gesehen. Erst wollte sie auftrotzen. Was sie an jenem Morgen nach dem Weihnachtsball gesehen hat, das hat sie gesehen! Doch dann sagt sie sich, dass sie heute nur durch Gefügigkeit ihren Willen durchsetzen wird.

Ist schon recht, Mutter. Ich wollte ja nichts Böses gesagt haben. Also, wie wird es denn nun mit dem Reuscher? Er kann sein Zimmer nicht mehr bezahlen. Wir dürfen ihn doch nicht ins Asyl gehen lassen!

Da die Mutter nicht gleich antwortet, fügt sie sich zu einem weinerlichen Ton: Du musst doch nun auch mal an mich denken, nicht? Wenn ich nicht bald heirate, verliere ich meine Stellung. Der Chef ist in solchen Dingen sehr etepetete, der behält nur unbescholtenes Personal. Und Herr Mulack sieht mich jetzt schon immer so eigentümlich an. Und ein Zimmer mieten kann ich doch auch nicht, wo ich dann für dreie zu sorgen habe. Hier sparen wir wenigstens die Miete.

Zu eng, kein Platz, Ernchen! Fünf Menschen, sechs Menschen!, spricht die Mutter nur vor sich hin.

Erna legt die Stirn auf den Unterarm und weint.

Es vergehen einige Minuten. Dann lässt die Witwe den Lappen in den Eimer fallen, tritt an den Tisch und sagt: Also gut, mag der Herr Reuscher hier in der Küche schlafen. Ich will deinem Glück ja nicht im Wege sein. Von Frau Hasselbach werde ich mir ein Bettgestell mit Matratze erbitten, sie hat welche auf dem Boden … Aber sobald ihr heiratet, müsst ihr euch ein eigenes Quartier beschaffen. Wegen Paul und Lenchen geht das nicht anders.

Wie Paul beim Mittagessen von diesem Plan erfährt, wird er sehr aufgebracht. Das hat uns grade noch gefehlt, so ein Groschenkavalier! Erna hat sich wahrhaftig nicht so benommen, dass man ihr etwas zu Gefallen tun müsste!

Die Mutter hält begütigend entgegen, dass es zunächst nicht anders ginge. Paul fügt sich auf ihre Worte hin, doch widerwillig und mit gesteigertem Hass gegen Erna.

Am Nachmittag fährt er früher als notwendig in die Sporthalle und geht auch nach Schluss der Vorstellungen zum ersten Mal nicht sofort nach Hause, sondern mit den Kollegen zur Schwester von Herrn Grello, die in der Invalidenstraße einen Bierkeller hat.

Zuerst ist es recht lustig. Ein älteres Fräulein, eine halbverhungerte Musiklehrerin dem Anschein nach, spielt unentwegt die neuesten Schlager. Sie trägt ein schwarzes Seidenkleid mit hohem Stehkragen und den Rock bis zu den Knöcheln und paukt so abgehackt auf die Tasten, dass der nickelumrahmte Zwicker beständig von der fadenscheinigen Nase springt. Die Mädchen und Kavaliere, größtenteils Dirnen mit ihren Freunden oder Zuhältern, die dicht und bierselig verschlungen um die runden Tische hocken, grölen die Texte mit und leiern die Melodien schmachtend in die Breite. Wenn dem schwarzen Fräulein, die sie „Harfenjule“ nennen, der

Zwicker abspringt, schlagen alle mit den Mollen auf die Holzplatten und rülpsen, hüpsa! Girlanden von Mandelblüten und Weinlaub hängen wirr durcheinander und ein dicker feuchter Qualm dazwischen.

Die Athleten haben ihren langen Stammtisch, an dem sie wuchtig mit ihren Mädels und Weibern sitzen, die das Gefühl in Wallung bringen. Wenn Grellos Leute im Ring gehässig aufeinander losgehen, so bezeigen sie sich hier von lärmender Gemütlichkeit und lassen sich an wie bedudelte Bären. Umschichtig werden die durch die heutigen Kämpfe fälligen Runden von Schnäpsen und Bier spendiert, und alle bezeigen sich zum ersten Mal kollegial gegen Paul, den sie „Mattenprinz" nennen.

Der sitzt neben Trudi, der Freundin des Ringkämpfers Braillard, der in der Halle als französischer Meister angepriesen wird. In Wahrheit heißt er Franz Bolle, ist aus Berlin-Britz gebürtig und Mitglied des Vereins „Hasenheide", in den nur aufgenommen wird, wer durch mindestens ein Jahr Gefängnis ausgezeichnet wurde.

Paul kennt Trudi schon aus der Sporthalle. Schmal und still sitzt sie Abend für Abend in der ersten Reihe und lässt ihn nicht aus den Augen, während sie nur wie gezwungen Braillard zuklatscht. Der hat ihr kürzlich erklärt, dass er sie satt wäre. Sie hätte es zu sehr mit den Gefühlen und immerzu wäre sie nur müde von der Fabrik. Außerdem sei sie ja auch gar nicht sein Typ. Nein, schlank und blond, das ist nichts für die Dauer.

Ich bin ja nur froh, sagt Trudi leise zu Paul, dass er jetzt auf die Lissy so scharf ist. Die wird ihm ja wohl schwarz und fett genug sein. Ich hab ja schon lange versucht, von ihm loszukommen. Sowas von Rohheit, wie der ist, kannst du dir gar nicht denken. – Sie hält inne und neigt müde den Kopf zur Schulter. Dann, noch leiser: Aber mit des bisschen Wochenlohn, was ich in der Fabrik kriege, reicht es ja nicht hin und her, wo wir doch sechs Geschwister zu Hause sind und vier noch nicht verdienen. Da muss ich ja froh sein, dass ich Bollen hab und er mir ab und zu Geld gibt. Splendid ist er ja, das muss ich ihm lassen.

Trudi hat es Paul schon lange angetan, gleich beim ersten Begegnen der Augen in der Sporthalle. So viel Traurigkeit und zutrauliches Bitten, wie bei einem Kinde, war immer in ihrem Blick. Und wie schlank sie dahinschritt. Ja, wie ein Reh! Bisher hatte sich Paul ferngehalten, weil er Bolles böse Eifersucht befürchtete. Doch jetzt versichert er dem Mädchen: Der soll dir nur noch einmal gemein werden! Dann kann er mich aber kennenlernen!

Ja, die Wirkung des vielen Alkohols lässt ihn immer kühner werden vor Bolles Augen und trotz Trudis flehentlicher Warnung. Sie kennt Franz Bolle und weiß, was bevorsteht, wenn der so lauernd die Augen zusammenkneift.

Alle am Tisch bemerken, dass der Mattenprinz und die „Siruptrude“, wie sie ihres zarten Wesens und blonden Haars wegen heißt, es miteinander haben. Die Gewaltigen finden ihren Spaß daran und lassen Bemerkungen fallen, die Braillard ärgern sollen. Der allein schweigt, zwackt die Lissy da, wo es ihm passt, und so derb, dass die auaautsch! schreit und ihn pufft.

Paul beachtet dies alles nicht. Er blickt nur immer auf Trudi und glaubt, dass ein gutes Schicksal sie ihm gesandt hat, damit die Qual mit Lenchen ein für alle Mal ihr Ende findet. In einem jähen, überquellenden Dankgefühl reißt er das Mädchen an sich und küsst es. Trudi sträubt sich, in Angst vor Bolle.

Doch Paul spürt nur den Atem ihres Körpers, sieht, dass ihre Lippen sich spalten. Abermals küsst er sie blindlings auf Schulter und Hals.

Lass doch! Nicht! Nicht hier!, raunt Trudi und will seine Hände lösen. Die machen sich ja schon alle über uns lustig!

Paul springt so heftig auf, dass der Schemel hinter ihm krachend zu Boden schlägt: Wer macht sich hier lustig? Herausfordernd blickt er von einem auf den andern.

Trudi zerrt an seiner Joppe, und Döhring, der es immer noch am besten mit ihm meint unter den Kollegen, ruft ihm hinter dem Handrücken zu: Mensch, sei stille, du hast ja einen sitzen!

Die andern lachen dröhnend und sehen auf Bolle, der sich mit der Dicken beschäftigt und noch so tut, als ginge ihn das alles nichts an.

Ich will wissen, wer sich hier lustig macht!, wiederholt Paul drohend, den fordre ich nämlich heraus! Bis zur Entscheidung! Dunkelrot ist er jetzt und wirft die Faust auf.

Bravo, Mattenprinz!, quarrt Grello. Nur immer feste ran! Herrschaften, das gibt ja 'ne schöne Sensation in unserer Bude, was? Da wird der Schwarzer sich vielleicht Sonderprämien holen, was?

Keiner beachtet des Besitzers Worte, denn jetzt steht Bolle langsam auf von seinem Schemel, so wie eine große Katze, die sich knurrend auf die Vorderpfoten stützt. Mit kurzen Schritten ist er um den Tisch herum und hält hart vor Paul inne, den Kopf eingezogen und von unten her quer in seine Augen starrend. Hier, ick mache mir lustig! Über deine Frechheit, du kleener Rotz! Wer hat dir erlaubt, mein Meechen zu küssen, wat? Seit wenn is'n det überhaupt dein Meechen, seit wenn denn, wat?

Seitdem du bei der Lissy sitzt!, gibt Paul, keineswegs eingeschüchtert, zurück.

So, also det wolln wir nu doch mal sehn!, höhnt Bolle, reißt Trudi von ihrem Schemel und schleudert sie hinter sich. So hält er sie mit einer Hand. Grellos Schwester bedeutet der Harfenjule aufzuhören. Alles drängt um die drei herum. Niemand wagt, zwischen die Streitenden zu treten, auch Herr Grello nicht. Derartige Händel müssen ungehindert ausgetragen werden.

Also, mein lieber Scholli, entweder zahlste for die Siruptrude, wie sich det jehört, oder du hast meine Lamänk im Jesichte! Vastehste? Damit stößt Bolle den Gegner wie im Scherz gegen die Brust.

Paul antwortet in der gleichen Weise. Das wechselt so noch eine Weile hin und wieder. Dann schlagen beide ohne Erbarmen aufeinander ein. Bolle ist dem Jungen vielfach überlegen, doch der Rausch verdoppelt Pauls Kräfte und macht ihn verwegen. Beide bluten bereits, schnaufen und ächzen: Hupp! hupp!, wie sie das von der Sporthalle her gewohnt sind. Zuletzt wird Bolle durch einen heftigen Schlag ins Auge kampfunfähig. Vor Schmerz wirft er sich auf den Boden. Paul hätte selbst einen Atemzug später aufgeben müssen. Der Gegner hat ihn so derb in den Schoß getreten, dass er halb ohnmächtig gegen den Tisch taumelt.

Die Kollegen sind des Lobes voll. Das war mal ein Kampf! Nur, Braillard hätte nicht treten dürfen!

Aber was sagt ihr zum Mattenprinz, was?, lässt sich Grello voller Stolz vernehmen, was der Knirps schon für einen Schlag am Leibe hat! Und immer sicher! Meine Schule! Der dicke Besitzer lässt sich so hinreißen von selbstgefälligem Lob, dass er die Verpflichtung fühlt, großartig zu sein und wiedergutzumachen. – Schwarzer, für den laufenden Monat zahle ich Ihnen zehn Mark zu. Und auch die Prämien sollen Sie wieder haben!

Man sitzt wieder am Tisch und trinkt weiter. Paul verbeißt den Schmerz. Er weiß, dass er sich dauernder Verachtung aussetzen und den erkämpften Anspruch auf Trudi für immer preisgeben würde, wenn er jetzt nicht bei den andern aushielte.

Auch Bolle ist wieder auf seinem Schemel. Lissy hat das verletzte Auge mit einem nassen Tuch verbunden. Er beachtet sie so wenig wie Paul und Trudi, würgt an seinem Grimm über die beschämende Niederlage. Aber Entscheidung ist Entscheidung, und man muss sich zum Schaden auch noch Grellos Spott gefallen lassen. Er flucht Unverständliches vor sich hin und sagt zuletzt laut, da ihn ja niemand verstehen kann: Moi François Braillard, je peux attendre qui rit le dernier!

Herr Grello hat für die beiden Kämpfer Bockwürstchen mit Salat spendiert, und die Harfenjule spielt wieder abgehackt die Schlager. Man tanzt. Die Dirnen strecken wiegend den Unterleib vor, die Kavaliere schieben sie vor sich her mit hochgezogenen Achseln und die Wange an die Schulter der Frau gepresst.

Paul will mit Trudi tanzen, doch er kann nicht ausschreiten vor Schmerz. Er muss sich wieder setzen.

Lass nur, ein andermal, nicht?, tröstet das Mädchen mit ihrer guten Stimme und liebkost seine Hand. Paul lacht in ihre Augen, deren lichtes Blau in ihn fließt und kühl zu kreisen beginnt in seinem fiebernden Blut.

Der Heimweg ist qualvoll. Trudi stützt den Freund getreulich, dann will sie ein Auto anhalten. Sie allein ist doch daran schuld, dass Paul jetzt diese Schmerzen hat. Doch der weigert sich, in das Auto zu steigen, das kostet nach Mitternacht zu viel. Gläsern klingt ihr kurzer gemeinsamer Schritt durch die Winternacht, die vereist ist in Klarheit. Die Sterne könnte man aus der stählernen Wölbung brechen.

Siehst du auch so gern zu ihnen?, fragt das Mädchen.

Paul verneint.

Aber warum denn nicht?

Dann findet man sich gar nicht mehr zurecht. Es ist so schon vieles unverständlich genug für unsereinen. Ja, wenn man was gelernt hat und auch mal so richtig müßiggehen kann, dann mag das schon seine Bedeutung haben mit den Sternen und all den andern hohen Dingen. Aber so muss man bloß immer aufpassen, dass man nicht ganz unter die Räder kommt.

Ach nein, Paul, das ist doch grade so schön, einmal alles zu vergessen. Wenn ich abends so ganz dumm und zum Umfallen müde von der Fabrik zu Hause gehe oder wenn ich ganz ratlos bin, weil Bolle wieder gemein zu mir war, denn sehe ich gern in den Himmel. An die Fabrik denke ich denn nicht mehr und an Bolle auch nicht, des ist denn alles so, als wäre es gar nicht wahr.

Paul bleibt still und lauscht ihrer Stimme, die wie ein Strom heller Wärme in sein Herz dringt. Dann hat er einen sonderbaren Gedanken: Vielleicht blickt sie so gern in die Sterne, weil sie selbst so ein Licht in den Augen hat? Sollte da nicht etwas dran sein? Denn er mit seinen dunklen Augen mag nun wieder die Nacht. Laut sagt er: Ich sehe gern in das Finstre. Am Tag zeigt alles ein so hartes Gesicht, da ist es eben so und nicht anders, und du musst zuschauen, wie du dich damit abfindest. Aber in der Nacht die Dunkelheit deckt alles so zu, dass nichts mehr genau zu erkennen und zu unterscheiden ist, dann kann man sich alle Dinge auch ganz anders vorstellen. Wenn ich zum Beispiel nachher in unsre Küche komme, dann ist da nur ein dunkler, warmer Raum. Aber morgens sehe ich die Stühle und den Tisch, an denen vom vielen Schrubbern schon gar keine Farbe mehr ist, und das ausgetretene Holz auf dem Boden. Das macht mich dann bedrückt, und für den ganzen Tag bleibt etwas davon in mir hängen. Oft sehe ich auch, wenn kein Mond ist, durch die kahlen Fenster. Dann sind plötzlich die schwarzen Engel hinter den Scheiben. Ungeheuer groß sind die, und alles, was bei uns dunkel ist, ist bei denen hell. Also die Augen und das Haar. So als trügen sie gewaltig viel Licht in sich, ja, alles Licht der ganzen Stadt, und als müssten wir alle Zeit im Finstern leben. Ihre Augen blenden so sehr, so richtig schneidend, dass ich mich wegwenden muss, und überhaupt wird es mir dann so eng und bange zumute, als zermalmten sie mit ihren riesigen schwarzen Leibern die Hausmauer und die Stube und mich selbst. Wie ein mächtiger Luftdruck ist das, niemals rühren sie mich an dabei. Erst nachher, im Traum, werden sie mit einem Mal gutartig und spaßig. Dann sind sie meine Kollegen im Ring, die marschieren so auf mich zu wie die schwarzen Engel vorher. Furchtbar komisch sieht das aus, wie mit der Zeitlupe. Zum Kugeln ist Grello, wenn er als Kampfrichter den Mund aufmacht, um auszuzählen. Wie ein dicker alter Frosch, der nach Fliegen schnappt! Oft kommt dann Lenchen, das ist meine jüngere Schwester, und steckt ihm den

Zeigefinger in den Rachen. Doch plötzlich wird aus dem Zeigefinger eine Zigarre und Lenchen sitzt vorn im Brand drin wie ein Teufelchen im Fegefeuer. Darauf komme ich wohl, weil meine Schwester doch katholisch ist und mein Vater immer so sprach, wenn Lenchen frech war. Herr Grello ist dann der Satan, mit einer gewaltigen Gabel in der Tatze und lauter roten Würmern um den Bauch. So habe ich den Satan mal abgebildet gesehen. Wenn ich mit Lehmann im Traum boxe und der mich in den Seilen hat und gemein wird, spießt Grello ihn auf seine Gabel und röstet ihn über seiner Zigarre. Na, und so weiter. Was man schon für Zeugs zusammenträumt!

Ich glaube an Träume, meint Trudi, mit Träumen hat es sicher was auf sich. Und belustigt auflachend: Gib mal acht, der Lehmann wird sicher noch mal vom Satan geröstet! So niederträchtig, wie der immer zu dir ist!

Lass nur, mit der Zeit bin ich schon gewitzt geworden! Warst du dabei, wie Döhring ihn neulich ausgezählt hat?

Trudi schüttelt den Kopf. Nein. Aber ich seh dir gerne boxen! Das geht so flott und richtig elegant bei dir, und gut, wie du gewachsen bist!

Fester drückt sie seine Hand. Und presst sich innehaltend an seine Brust, lehnt den Kopf zurück und bietet ihm mit glückseligem Lächeln den Mund. Einmal löst sie sich aus den Küssen, in denen sie immer inniger verschmelzen, und sagt mit der drollig nachgeahmten Stimme eines klagenden Kindes: Trudi hat schon lange auf dich gewartet. Aber oller Paul hat für Trudi nie kein Auge gehabt! So, Strafe muss sein! Sie versetzt ihm einen gelinden Backenstreich.

Paul entschuldigt sich kleinmütig: Ich dachte nur immer, dass mit Bolle schlecht Kirschen essen ist. Ja, ein tüchtiger Feigling bin ich gewesen! Denn angetan hast du mir's schon lange! Aber jetzt sollen meinswegen zehn Bolles kommen, da kann sich ja denn die Mordkommission über 'ne unkenntliche Masse beugen!

Man immer sachte!, beschwichtigt ihn Trudi und liebkost seine Wange, die Stirn, den Mund. Das war schon sehr gut, dass du dich vor Bollen gehütet hast, und du darfst jetzt auch nie mehr in die Sporthalle gehn, das musst du mir versprechen. Du glaubst ja nicht, wie hinterhältig und rachsüchtig der Bolle ist und was er schon alles auf dem Kerbholz hat. Der schreckt vor nichts zurück! Erst hat er, wie er noch Matrose war, in einem Hafen in Frankreich einen Lustmord verübt, denn ist er getürmt und später hat er in Hamburg einen Wachtmeister zum Krüppel geschlagen. Dafür hat er denn lange gesessen. Jetzt brütet der nur, wie er dir ein Leid antun kann.

Päh, Leid antun kann! Mädel, Trudi, ich bin ja so glücklich, Bäume könnte ich ausreißen, sage ich dir! Er packt sie und stemmt die Widerstrebende triumphierend über sich hoch, lässt sie, nachdem sie sattsam Schimpf und Drohungen auf ihn niedergescherzt und in seiner Wolle gezaust hat, wieder auf die Füße und reißt sie erneut in seine Arme. Trudi, du bist mir mal der richtige Kamerad. Denkst nur an den andern und willst mich am liebsten in Watte packen und täglich mit 'nem Lutschproppen versorgen. Aber ist nicht, Mädel! Nu geh ich natürlich grade in die Sporthalle. Menschenskind, jetzt muss ich doch doppelt und dreifach verdienen!

Das Mädchen reißt die Augen auf und droht ihm so, als wäre sie ernstlich böse. Und indem sie ihn gegen einen Sandkasten drängt, dessen Deckel zurückgeschlagen ist, versichert sie, dass sie ihn in den schneekalten Sand werfen und auf der Stelle alleinlassen würde, wenn er ihr nicht sofort das verlangte Versprechen gebe.

Paul gibt lachend nach, wird jedoch bald besinnlich und trägt wieder Sorge auf der Stirn. Und wenn ich wegen dem verfluchten Tritt nun wirklich nicht bei Grello bleiben kann, was wird dann aus denen zu Hause? Und Trudi ist doch auch auf meine Hilfe angewiesen?

Die Freundin mag ahnen, was ihn bekümmert, denn wiederum zart und mit der frischen Kraft ihres Zuspruchs sagt sie, ihn leicht am Arm schüttelnd: Lass dir nur keine grauen Haare darüber wachsen, Paul, wir werden tapfer zusammenhalten und auch so weiterkommen!

Eng aneinandergeschmiegt setzen sie den beschwerlichen Weg fort. Die Schmerzen reißen heftiger nach dem Verweilen, doch spürt Paul sie kaum. Gefühl unermesslichen Beschenktseins hat ihn wie ein Rausch ergriffen. Rechts und links die düsteren Häuserzeilen weichen zurück, verschweigend hinter dumpfen Mauern die Millionen Schicksale schlafender Menschen, immer breiter und blau überdämmert schwillt die Schneestraße in die klare Ruhe des Sternenhimmels hinüber, den Trudi liebt. Sie vergessen Heute und Morgen und gehen im gemeinsamen Herzschlag und Atem, der in weißer Wolke vor ihnen wandert.

Paul wärmt des Mädchens frierende Hand. Erst jetzt wird er inne, wie rau und hart sie ist.

Was ist denn das, deine Hand ist ja ganz gesprungen und überall blutige Risse?

Ach, das ist bloß von die Fabrik.

Paul fragt weiter und Trudi erzählt ihm, dass sie in einer Gummifabrik arbeitet. Die Fahrradschläuche werden auf dem laufenden Band von Arbeiterin zu Arbeiterin gefördert. Da heißt es mächtig aufpassen, denn die Zeit, in der jeder Schlauch fertig sein muss, ist ganz genau ausgerechnet, von solchen besonderen Ingenieuren, weißt du? Ich muss nur immer das Ende von jedem Schlauch mit einem Stück Sandpapier abpolieren, so bei vierzig Schläuchen in der Stunde. Nach der zweiten Stunde ist die Schulter schon ganz lahm und der Buckel brennt einem, als führe einer mit dem Schabemesser drüber. Und die Hand hört überhaupt nicht mehr zu bluten auf von dem Sandpapier. Aber das Schlimmste ist, dass man ganz dumm und dusselig dabei wird, die acht Stunden hindurch und meistens noch mit Überstunden. Und denn hab ich so sehr unter der Regel zu leiden, das blutet bei mir immer so sehr, und richtige Krämpfe habe ich dabei. Aber du darfst keine Minute vom laufenden Band fort, nur in die Pause, auf die wir alle wie auf die ewige Seligkeit warten. Wenn durch dein Verschulden das laufende Band zum dritten Mal ins Stocken gerät, wirst du entlassen. Die in der Direktion sind ja froh, wenn sie Gründe zum Abbau haben. Zwei Verwarnungen sind mir schon angekreidet.

Und wann fangt ihr morgens an?, fragt Paul.

Jetzt um acht, im Sommer um sieben.

So, Trudel, also dann mach du jetzt, dass du nach Hause kommst! Da hast du ja nicht mal vier Stunden zum Ausschlafen!

Es entspinnt sich ein ähnlicher Kampf wie vorhin an der Sandkiste. Doch jetzt gibt Paul nicht nach. Auch aus diesem Grunde nicht: Er ist empört darüber, dass Trudi sich tagtäglich so sehr quälen muss. Sie soll seinen Ingrimm nicht bemerken, er würde ihr nicht helfen, ihr eher nur die Trostlosigkeit ihrer Lage erst ganz bewusst werden lassen. Denn so geht das nun ein ganzes Leben hindurch, brütet Paul weiter, nachdem sie sich mit einem langen Kuss endlich getrennt haben. Was kann aus uns allen schon werden, ja, was hat dieses ganze Schandleben für einen Sinn? Wir schuften uns dumm und krumm und die Herren häufen das Geld und haben ihr Amüsement! Päh, wo bleibt da Mutterns gerechter Gott? Im Religionsbuch!

Unter diesen Gedanken und wieder in frohlockender Erinnerung an Trudi erreicht Paul die Wohnung. In der Küche wäre er beinah über Emil Reuscher gestolpert, der zwischen zwei Decken auf den Dielen liegt. Zum Teufel auch, an den habe ich ja gar nicht mehr gedacht! … Komisch ist das, gestern habe ich mich so über ihn ereifert, über Ernas neuesten Groschenkavalier, und bin mit den Kumpels gegangen, um ihn nur ja nicht zu Gesichte zu bekommen in meiner Wut …, und jetzt muss ich ihm gradezu gut sein, denn anders wäre ich ja mit Trudi nie richtig zusammengekommen. Wirklich komisch ist das!

Paul beugt sich nieder und bemüht sich, des Schlafenden Züge zu erkennen. Der muss durch sein Eintreten beunruhigt worden sein, denn jäh und noch schlafbenommen fährt er hoch und fragt atemlos: Lisbeth?

Paul tritt, selbst erschreckt, zurück. Nein, ich bin es, Paul Schwarzer. Können Sie denn so schlafen? Hart, was?

Bewahre, das macht mir nichts aus. Aber jetzt habe ich wirklich geglaubt, meine Lisbeth wäre bei mir. Zuletzt, wie es immer schlechter mit ihr ging, war sie oft so plötzlich an meinem Bett. Aber ich war ja glücklich, wenn sie kam, dann konnte ich ihr doch Ruhe und guten Mut zusprechen. Manchmal fehlt mir das jetzt richtig. Tja, so sind wir Menschen, wir gewöhnen uns ja so sehr ein!

Paul setzt sich neben Emil auf einen Küchenstuhl. Aus dem Überschwang des eigenen Glücksgefühls wächst in ihm eine kameradschaftliche Bereitschaft zur Teilnahme an diesem fremden Mann, der, müde auf die Dielen gestützt und den Kopf vornübergebeugt, noch einmal innig Lisbeth! flüstert. Wundersam ist das doch, denkt Paul, hier sitze ich mit meinem vollen Herzen und dort kauert ein anderer mit seinem verlassenen. Und beide sind wir nur man Menschen und in der gleichen Nacht!

Ja, man gewöhnt sich an alles, wiederholt Emil und nickt vor sich hin. Jetzt habe ich mich nun wieder damit vertraut gemacht, dass meine Frau nicht mehr bei mir ist. Denken Sie, Paul, ich glaube, dass ich es nicht ertragen würde, wenn sie plötzlich wieder zu mir käme! Gut zwei Jahre ruht sie nun draußen im Friedrichshain. Da ruht sie aus von ihrem schweren Leiden, und ich muss zusehn, wie ich mir weiter durchhelfe im Leben. Anders kann ich mir das gar nicht mehr vorstellen.

Seltsam, Paul muss an die schwarzen Engel denken. Und einer von ihnen steht unsichtbar in der Küche. Doch sein Atem erfüllt sie ganz kühl und schwer, wie Duft von Blüten am Sommerabend und nach einem Gewitter. Oder ist es nur der Atem eines Menschenschicksals, eines fremden Mannes, der hier zwischen zwei Decken auf dem Boden liegt und Erna heiraten wird?

Er ist zu schade für sie, denkt Paul, die Hölle wird er bei ihr haben. Er kämpft mit der Versuchung, Emil vor der Schwester zu warnen. Ja, er meint, dass dies seine Pflicht sei. Was ihn zuletzt davon zurückhält, ist allein der Gedanke an die Mutter. Sie will immer nur das Beste und hat ohne Widerrede der Vereinigung der beiden zugestimmt. Es wäre nicht gut getan, jetzt ohne ihr Wissen zu dem Fremden zu sprechen. Aber wie ist es möglich, dass ein so leiser und geduldiger Mann ein Mädchen von der Art Ernas leiden mag? Wenn die Schwester wenigstens einige Ersparnisse und eigenen Hausrat mit in die Ehe brächte! Stattdessen ist alles, was sie zu bieten hat, das Kind eines andern Mannes. Ganz unbegreiflich ist doch das! Sollte dieser Emil Reuscher wirklich etwas schwachen Geistes sein, wie die Schwester schon mehrfach behauptet hat? – Und nun wollen Sie sich also mit meiner Schwester eingewöhnen?, fragt Paul.

Emil hat sich wieder auf den Dielen ausgestreckt. Paul kann nur seine auffallend breite vorgewölbte Stirn und den mageren Schnauzbart erkennen, der sich beim Sprechen ruckartig hebt und senkt.

Ja, erwidert der Mann bedächtig, Erna ist so herrlich frisch und energisch, die weiß, was sie will! Ich werde selber wieder zuversichtlich, wenn ich sie um mich habe. Die Einsamkeit in den zwei Jahren ist mir wohl lieb geworden, doch man wird so schrecklich müde und gleichgültig dabei. Das ist nicht gut. Sehen Sie mal, kaum hatte ich meine Lisbeth begraben, da verlor ich auch meine Stellung in dem großen Dekorationsgeschäft. Man gab den allgemeinen Abbau als Grund an. Doch ich wusste nur zu gut, dass in Wahrheit die Schuld bei mir allein lag. Ich hatte plötzlich keine Freude mehr an der Arbeit und wurde saumselig. Für was und für wen sollte ich mich noch abmühen? Später habe ich noch hier und da aushilfsweise Tätigkeit gefunden, aber überall wurde nichts Rechtes daraus. Immer mehr bergab ging es mit mir. Nur, weil ich nichts dagegen unternahm. Erst musste ich von den Möbeln Stück nach Stück verkaufen und dann unsere schöne Zweizimmerwohnung aufgeben, und so folgte eins auf das andere. Seitdem ich die Erna kenne, habe ich das sichere Gefühl, dass ich wieder hochkommen werde. Denn nun habe ich wieder jemand, für den ich sorgen muss. Darum ist mir auch das Kind von der Erna willkommen, das wird meine Anstrengungen nur verdoppeln. Zudem liebe ich Kinder sehr, vielleicht weil ich von meiner Lisbeth keine erwarten durfte.

Mit den letzten Worten ist Reuscher wieder in Schlaf gesunken. Paul tastet sich zu seiner Lagerstatt in der Stube. Plötzlich taucht Lenchen aus der Finsternis in den schon morgendlich grauen Fensterausschnitt. Wo hast du dich so lange rumgetrieben, hä?, kommt zischelnd ihre Stimme.

In dem Keller von Grellos Schwester, gibt Paul dumpf und kurz zurück. Harter Trotz gewinnt über ihn Gewalt. Er denkt: Ich kenne jetzt nur noch Trudi! Sie wird mich erlösen aus diesen bösen Qualen hier. Zwischen uns beiden, Lenchen, muss ein für alle Mal Schluss sein! Das war ja doch nie eine Liebe, nein, wahrhaftig nicht! Das weiß ich erst seit heute Abend ganz gewiss! Das kam ja alles nur so, weil wir hier immer aufeinander angewiesen waren!

Willst du nicht noch etwas zu mir kommen?, raunt Lenchen mit einer kleinen, tränendunklen Stimme.

Nein. Bin müde.

Die Schwester wirft sich auf ihr Lager und weint schütternd. Das zwingt Paul aus seiner Härte. Schuldgefühl macht ihn ganz wirr. Er kämpft mit der Versuchung, nun doch zu Lenchen hinüberzugehen …, die ihm nur Liebes tat, die er jetzt im Vollgefühl des neuen, des wahren Glücks von sich weisen muss. Je mehr Lenchen weint und Paul zum Bewusstsein kommt, was er ihr anzutun entschlossen ist, übermannt ihn Angst vor der Zukunft. Zuletzt rädert ihm nur noch dieser eine Gedanke das Hirn: Wenn mit Lenchen etwas passiert, trage ich mein ganzes Leben die Verantwortung dafür! Vor der Mutter, vor allen! Wieder fühlt er die klagenden, anklagenden Augen der Mutter bohrend in seinem Rücken. Und nicht mehr Trotz und keinerlei Gedanke an Trudi, vielmehr nur noch diese Angst ist es, was ihn so sehr lähmt, dass er nicht imstande ist, zu Lenchen zu gehen, um ihr wenigstens ein Wort des Trostes, ein einziges gutes Wort zu sagen.

Auch in den folgenden Tagen, die Paul der anhaltenden Schmerzen wegen daheimbleiben muss, bringt er es nicht über sich, mit Lenchen zu sprechen. Beide vermeiden sie es, einander anzusehen. Am Tage ist Paul zuversichtlich und nur von Gedanken an Trudi erfüllt. Er schreibt ihr Briefe, die er später wieder vernichtet, da er ja ihre Anschrift nicht weiß. In unbeholfenen, stürmischen Worten beteuert er seine Liebe und erklärt zum Ende jedes Mal, das Wiedersehen am Sonntag nicht mehr erwarten zu können. Im Stillen dankt er ihr immer wieder als dem guten Engel, der ihn aus böser Verirrung befreit hat. Doch in den Nächten kommen die Zweifel und Befürchtungen, dann nehmen die schwarzen Engel ganz von ihm Gewalt und immer mehr als drohende quälende Angstgesichte.

Paul kennt das jähe, vertrotzte Wesen der Schwester. Es ist nicht abzusehen, wozu sie sich hinreißen lässt, sobald sie erst Gewissheit hat. Zunächst bleibt sie verstockt wie er, fragt nichts und sagt nichts, weil der Bruder ja doch nur mit Ausflüchten erwidern würde.

Von Tag zu Tag wird sie blasser und schmaler, die Mutter beginnt sich um sie zu sorgen. Auf ihre Fragen, was denn mit Lenchen sei, zuckt Paul die Achseln. Die Witwe sieht dem Jungen lange ins Gesicht, wie mit lauschend geweiteten Augen. Dann sagt sie: Du weißt wohl mehr, aber du willst es mir nicht anvertrauen. Das musst du nun mit deinem Gewissen abmachen. Aber es wäre besser, wenn du dir ein Herz nimmst, Paulchen, und bald sprichst. Du weißt, dass ich nur immer danach trachte, euch zu helfen.

Paul erwidert dumpf, in seine Joppe hinein: Du brauchst dich nicht sorgen, Mutter, so ein ganz dummer Junge bin ich ja auch nicht mehr. Die Mutter lächelt wie verzeihend, so als wollte sie sagen: Mein Gott, Paulchen!, und macht sich wieder am Spültisch zu schaffen.

Auch in Lenchen wechseln die düsteren und die leichtwilligen Gedanken. Wenn sie den Bruder so vergessen und ganz in sich gedrängt über den Tisch gebeugt sieht, ist sie überzeugt, dass er eine andere gefunden hat und an sie denkt. In schrecklichem Ernst schwört sie sich, dass sie ihn erschießen wird, mitsamt seinem Verhältnis. Oder vergiften, eine Kugel ist der Lui gar nicht mehr wert! In andern Stunden denkt sie: Ich kenne ja unsern Paule! Jetzt hat er sich da in dem Keller rumgeprügelt und Saures bekommen, und den Lehmann hat er neulich auch auf die Matte gebracht, nu meint er Himmel was für'n Held zu sein und so 'ne kleine Krabbe wie mich anglotzen zu dürfen wie'n Mädchenmörder! Und weil man den Herrn zu fragen gewagt hat, wo er sich die Nacht rumgetrieben hat. He, der soll sich man bloß nicht so aufplustern, da haben andre Männer schon ganz andre Dinger gedreht und sind dabei hübsch treu und artig geblieben. Davon hab ich ja in dem „Jungmädchenbuch“ von Lotti erst neulich gelesen.

Paul ist froh, dass Emil Reuscher da ist und ihn auf andere Gedanken bringt, wenn die auch nach seiner Meinung reichlich verschroben sind. Die beiden geraten ständig in Zank, in dem Emil sich sehr würdevoll, Paul sich recht unduldsam verhält. Was ist das zum Beispiel für eine Art und Weise, hier wie ein Lausejunge alle Küchenwände mit Malereien vollzuschmieren! Reuscher behauptet, er müsste das tun, er hätte einen so gewaltigen Trieb, ja geradezu einen Befehl zum Malen in sich. Und außerdem zeichnete er ja nur mit dem Kohlestift, das ließe sich ja jederzeit abwaschen. – Was mein Auge reizt, das muss ich eben beschreiben, ob dich das ärgert oder amüsiert, ist mir höchst piepe!

Gestern hat Emil Bettgestell und Matratze von Hasselbachs geholt, mit einem Handwagen. Die Witwe muss die Sachen abzahlen, indem sie für drei Wochen auf ihren Lohn verzichtet. So wertvolle Sachen kann man heutzutage nicht mehr verschenken, Frau Schwarzer. Gewiss, die Witwe musste das zugeben. Besonders, da der junge Herr Hasselbach sein Examen nicht bestanden hat und nun auch wieder noch Geld kostet.

Kaum, dass Emil die Matratze keuchend in der Küche abgesetzt hatte, war er auch schon wieder mit der Kohle vor der Wand. Das Bettgestell stand noch unten in der ersten Durchfahrt auf dem Handwagen, als die Witwe am Abend heimkam.

Siehst du, Paul, erklärt Emil eifrig, während seine Rechte wie eine aufgeregte Fliege vor der Wand hin- und hertanzt, so lag die Eisenbahnbrücke, sso, stieß schräg in die Häuserreihe dahinter, schrumm, sso, Häuserreihe, meine Straße fiel schwach gegen diese wuchtige Flucht nieder, schnellte unter der Brücke fort wie eine Katze, im Winkel von etwa dreißig Grad. Da hast du die Katze, alle viere von sich gestreckt ... Sssso! Verstehst du das?

Was soll da zu verstehn sein, versetzt Paul ärgerlich, da ist doch überhaupt nichts weiter zu sehen! Mach doch wenigstens 'nen D-Zug auf die Brücke!

Falsch! Das würdest du tun, aber kein Maler! Wenn du diese gewaltige Masse der Eisenbahnbrücke und des Bahndamms, die in die Häuserreihe rasen, richtig verstehst und im Gegensatz dazu die kleine, gekrümmte Katze, dann weißt du schon so, dass man oben im eisernen Sturm von Osten nach Westen jagt und dass wir hier unten kleine Puppen sind, die von Moabit nach Charlottenburg zuckeln und wieder zurück. Also schreibe ich als Titel drunter: „Unser Leben ist für die Katz". Du hast es ja immer mit den sozialen Ideen, dies ist ein höchst soziales Bild!

Emil, das ist gradezu eine Ausverschämtheit, was du da behauptest! Ich möcht mal wissen, was deine Brücke mit der Katze drunter, hinter denen keiner außer dir selbst einen Sinn entdecken kann, mit uns Proleten und unsern Nöten zu tun hat! Die kennst du ja gar nicht und die kümmern dich auch gar nicht, du möchtest wohl nur recht bald ein berühmter Professer werden! Nee, mit solchen Spielereien kannst du unsereinem nicht imponieren, du gehörst nicht mehr zu uns, du bist schon ein richtiger Bourgeois!

Tütütü, nu kühl dich man wieder ab, trink Wasser! Ich habe genug Elend und Ungerechtigkeit erlebt, Paul. Aber du verstehst mich eben nicht.

Darum sage ich ja, dass du nicht mehr zu uns gehörst! Du lebst ganz in deinen eigenen Idealen und willst gern nach oben hinaus. Darum hoffst du ja auch, dass Erna dich ordentlich aufpulvern wird. Wie du mir damals in der ersten Nacht sagtest, heiratest du sie ja nur darum und mit dem Kinde. Um Pflichten zu haben! Denk dir, welchen Fabrikarbeiter oder Handwerker du willst, der braucht nicht erst heiraten, um zu wissen, was er zu tun und wie er zu denken hat! Nee, Emil, du gehörst nicht mehr zu uns, sonst müssten wir uns ja auch verstehen können!

Ja, willst du denn etwa nicht nach oben hinaus?, fragt Emil viel mehr erstaunt als entrüstet. Oder sind nach deiner Ansicht die Proletarier die einzige Klasse unter den Menschen, die den Wunsch haben, für immer das zu bleiben, was sie heute sind?

Paul gerät vor dieser Frage in Verlegenheit. Die Erwiderung, die er schließlich findet, klingt darum nur noch gereizter: Jetzt bist du es, der mich nicht versteht ... oder nicht verstehen will. Natürlich haben wir alle das Streben, mehr zu werden und bessergestellt zu sein, als das heute der Fall ist! Aber wir werden dabei weiter als Proleten denken und fühlen, wir wollen weiter gute Kameradschaft halten mit unsersgleichen. Während du jetzt wie ein Bürger denkst und fühlst, wenn du da zum Spaß Schosen an die Wand malst, die keinen was angehn. Von solchem Zeugs haben die Bourgeois ganze Museen vollhängen. Mit unsern Erlebnissen und Zielen hat das nichts zu tun.

Emil kann ein Lächeln nicht beherrschen. Paul springt wütend auf, doch die Schmerzen zwingen ihn wieder auf den Stuhl. Du merkst dir ganz gut, sagt Reuscher, was du einmal gelesen hast. Aber glaubst du denn im Ernst, dass ein Prolet, wenn er mal erst was erreicht hat, noch als solcher denkt und handelt? Keine Spur! Die Veränderung der Lebensverhältnisse verändert eben auch immer den ganzen Menschen.

Quatsch, alles Quatsch!, eifert Paul dawider. Wenn ein Adliger verarmt, wird er noch lange kein Prolet, und wenn unsereiner hochkommt, braucht er noch lange keine andre Gesinnung zeigen! Das tun nur die Bequemen und die Streber. Wir hatten da einen Gesellen in der Schlosserei, der konnte sich gar nicht fein genug benehmen. Aber uns Lehrlinge behandelte er viel schlimmer wie der Meister, der ein richtiger zufriedener Bürger war. Nee, ich habe einmal vergessen, wohin ich gehöre ..., das war eine Geschichte mit einer vornehmen Dame. Seitdem bin ich gründlich kuriert.

Na ja, jeder hat in diesen Dingen seine Überzeugung. Ich hege ja vor der deinen allen Respekt!, bricht Reuscher diese Auseinandersetzung ab und arbeitet weiter an „Unser Leben ist für die Katz".

Viel zeichnet er auch Ernas feines, hartes Gesicht von einem jedes Mal andern Blickpunkt. Darunter schreibt er: „Meine Zukunft" oder „Neues Leben" und so. Erna fühlt sich geschmeichelt und lässt ihn gewähren in seiner Liebhaberei, die sie, nur in einem andern Sinne als Paul, gleichfalls als unnütz, ja kindisch betrachtet. Doch sagt sie nichts, weil Emil ein Muster an Zärtlichkeit und Nachgiebigkeit ist, sofern man ihm ungestört die Bemalung der Wände überlässt.

Lenchen macht sich über alles lustig: Ich möcht mal wissen, wo Sie bloß immer Ihre Augen haben! Das sind doch gar keine Bäume, und die Lokomotive da sieht aus wie 'n Leierkasten, und mit Ernas Visage könnense kleinen Kindern 'nen Schlaganfall versetzen!

Emil Reuscher erträgt alle bissige Kritik und das Unverständnis der Küchengenossen mit geduldigem Lächeln. Ich bin kein Fotograf, entschuldigt er sich. Nur die Witwe findet Freude an den Bildern. Sie meint: Herr Reuscher, Sie sind ja ein Künstler. Der weist das bescheiden zurück, er schriebe nur auf, was er gesehen hätte.

Unter den Streitgesprächen mit Emil ist der von Paul ungeduldig ersehnte Sonntag plötzlich da. Mit angstvoll stockendem Herzen verlässt er am Morgen das Lager. Die Schmerzen! Nein, sie haben nicht nachgelassen, trotz der heißen Packung, die er sich heimlich aufgelegt hatte. Alles Reiben und die vorgebeugte Haltung helfen nicht, nach zehn Schritten muss er sich wieder setzen. Mit verbissenem Willen versucht Paul es immer wieder, aber die Schmerzen steigern sich nur, zuletzt wird ihm ganz schwach. Er kämpft die Tränen nieder und berät mit Emil, dem er bei allen Meinungsgegensätzen Vertrauen schenkt wie einem Freunde. Reuscher will, wie schon seit Tagen, den Arzt holen. Aber Paul gibt das keinesfalls zu. Dann ist es schon ganz vorbei mit dem Wiedersehen mit Trudi, der Doktor zwingt mich Gott weiß wie lange zum Liegen. Emil, dem Paul von Trudi erzählt hat, lässt sich noch einmal überreden. Auf seinen Rat legt Paul sich wieder hin, Reuscher macht ihm einen neuen Umschlag. Vielleicht wird's bis Nachmittag doch noch besser.

Nein, es bleibt beim alten Zustand. Mit Schmerzen hockt Paul am Tisch in der dunkelnden Küche. Emil sitzt still bei ihm. Draußen trommelt Regen eintönig auf das Fensterbrett, plätschert glucksend durch das Abflussrohr. Lenchen rumort in der Stube hinter verschlossener Tür.

Sie hat erklärt, dass sie am Abend ausgehen werde, und putzt sich zurecht. Paul wollte Näheres erfragen, aber sein Verhalten während der letzten Woche hat ihm das Recht hierfür genommen. Mit bissigem Hohn hat die Schwester ihm erklärt: Ich hab's satt, hier rumzusitzen. Vielleicht find ich 'nen schicken Kavalier. Bäh!

Eine neue Angst quält den Jungen. Wenn Trudi nur nicht hierherkommt! Er hatte sie dringend gebeten, nicht in die Wohnung zu kommen. Wenn er ausbliebe, so hätten sich die Schmerzen eben noch nicht gebessert, weiter nichts.

Emil beginnt mit gedämpfter Stimme von Trudi zu sprechen, fragt Paul nach diesem und jenem. Er weiß, dass er ihm auf diese Weise am leichtesten über die traurigen Stunden hilft.

Ja, erzählt Paul mit einem schönen Lächeln, sie blickt so gern in die Sterne. Was denkst du davon, Emil?

Der schweigt erst, dann sagt er: Ich bewundere dann immer das Gesetz in allen Dingen. Ich habe mal ein Buch gelesen – ich habe früher ja viel für mich studiert –, da war drin nachgewiesen, dass die Planeten droben sich nach den gleichen Gesetzen bewegen und umkreisen, nach denen sich zum Beispiel ein Kristall zusammensetzt oder eine Schneeflocke. Ist das nicht wundersam, Paul? Und in demselben Buche stand auch, dass sogar im Leben eines jeden Menschen dieses Gesetz nachzuweisen ist. Nun male dir das mal richtig aus! Was wir so unser Schicksal nennen, wird nach den gleichen Gesetzen regiert wie oben die Ereignisse am Himmel! Das kannst du dir gar nicht vorstellen, da wirst du ganz klein in dir! Weißt du, was ich glaube? Ja, dass dies eigentlich die schönste Frömmigkeit ist, diese Ahnung einer einzigen undurchdringlichen Weisheit in allen Wesen und Dingen. Diese Ahnung bedeutet für mich, was andere Gott nennen. Vielleicht ist es auch darum, dass es mich so treibt zu zeichnen, was ich sehe? Denn in allen Dingen ist diese Weisheit Gottes erkennbar.

Paul bewundert im Stillen die hohen Gedanken des Freundes, doch vermag er seiner Gläubigkeit ebenso wenig zu folgen wie früher jener der Mutter. Er ist noch so ganz verstrickt in die Verwirrung und Bedrängnis seines täglichen Lebens, ist so völlig überzeugt von der Ungerechtigkeit, vom Mangel jeglicher Güte des Wesens, das die Pastoren, die Mutter und jetzt Emil Gott nennen, dass er nur wieder, so schwer ihm das in diesem Augenblick wird, hämisch werden muss: Darauf kann ich nur fragen, Emil, wenn alles Schicksal von jener einen Weisheit Gottes bestimmt wird, warum lässt ebendieselbe Weisheit dann tausend Menschen im Gelde schwimmen und in Palästen wohnen, solange hunderttausend Menschen nicht satt zu essen haben und in Löchern, in Kellern, in Baracken hausen müssen? Was du da eben gesagt hast, sind ja wieder mal sehr schöne und hohe Worte gewesen, aber mit uns und unserm Schicksal haben sie auch rein gar nichts zu tun!

Glaubst du denn, dass die Herren der Welt glücklichere Menschen sind als unsereiner?

Aber kräftig glaube ich das! Ihnen sind so viele Freuden möglich, die uns für immer verboten sind. Zum Beispiel: Hast du schon einmal eine Reise gemacht?

Ja, zu Verwandten aufs Land.

Hast du schon mal Berge gesehen oder das Meer?

Nein, beides nicht.

Ich auch nicht, sagt Paul und fügt hinzu: Und ich

glaube, ich werde sie auch niemals sehen. Aber eigentlich meinte ich meine Frage vorhin mit den Sternen anders. Glaubst du, dass nur diejenigen Menschen in die Sterne sehen, die selber so ein Sternenlicht in ihren Augen haben? Und sind das nun besonders gute Menschen?

Das ist ja ganz sonderbar, was du dir da ausgedacht hast, meint Emil, ich weiß nun wirklich nicht ...

Draußen schellt heiser die Zugklingel, ruck-bimm. Paul springt auf und ruft im Erschrecken unwillkürlich laut: Trudi! Was nun?, durchfiebert es ihn, Emil darf ja auch nicht wissen, was zwischen Lenchen und mir war!

Ich werde öffnen, sagt Reuscher zu Paul, der ratlos dasteht.

Nein, nicht, ich mache selbst auf. Geh doch bitte in die Stube und halte Lenchen ...

Es schellt zum zweiten Mal. Die Stubentür wird aufgeriegelt, und Lenchen – dass ihr auch immer nicht aufmacht! rufend – läuft auf den Flur, nur mit der Hemdhose bekleidet.

Paul denkt: Jetzt kann mich nur noch die größte Gleichgültigkeit retten!, und setzt sich wieder an den Küchentisch.

Emil schüttelt den Kopf. Ich verstehe deine Erregung nicht. Deine Schwester kann doch schließlich wissen, dass du eine Freundin hast. Da ist doch gar nichts weiter ...

Menschenskind, sei doch still!, herrscht Paul ihn an und lauscht auf den Flur.

Ja, das ist Trudis Stimme: Sie sind seine Schwester, nicht? Ja, Paulchen hat mir von Ihnen erzählt. Wie geht es ihm denn, ich habe mir solche Sorgen gemacht.

Gut, gut geht's ihm!, erwidert Lenchen mit keifender Stimme, während sie vor Trudi in die Küche tritt. Triumph, bitterer Hass und Verzweiflung wechseln jäh in ihren Zügen, erstarren zu einer weißen, verzerrten Maske. Er hat mich heut Abend zum Ball eingeladen!, schreit sie gell dem Bruder ins Gesicht und läuft, in wildes Schluchzen ausbrechend, in die Stube. Die Tür riegelt sie hinter sich ab.

Emil blickt betroffen auf Paul, greift auf dessen abweisende Bewegung nach Hut und Mantel und geht.

Erst jetzt sieht Paul die Freundin an. Wie hilflos sie dasteht, den Kopf gesenkt und den Tränen nahe. Das glatte, mattblonde Pagenhaar fällt unter dem brüchigen schwarzen Lackhütchen nach vorn und über die blassen Wangenhöhlen, in denen ein Zucken ist. Freude, helle und ergriffene Freude, will in dem Jungen aufspringen. Doch die Angst um Lenchen, die augenblicks wieder hereinstürzen und noch größeres Unheil auslösen kann, verbittert und erstickt das flüchtige Frohlocken des Liebenden. Wider Willen klingt seine Stimme barsch: Trudi, ich habe dich doch so gebeten, nicht hierherzukommen!

Das Mädchen nickt, Tränen rieseln über Wangen und Mund und Kinn. Mit müder Hand wischt sie die Nässe fort. Schmal und wie ein frierendes Vögelchen kommt ihre liebe, den Jungen wiederum verwandelnde Stimme: Ich hab mir so gesehnt nach dir, und wie du nu nicht kamst, hab ich mir solche Gedanken gemacht, dass ich einfach herkommen musste! Und mit einem halben Lächeln, wie es Menschen eigen ist, die zu entsagen gewohnt sind: Aber ich kann ja nu wieder gehn, nachdem ich gesehn habe, dass du schon wieder auf die Beine bist und dass die Verletzung wohl nichts Ernstliches war.

Unsinn, Mädel! So setz dich doch endlich!, ruft Paul ihr leise zu, obwohl er in Wahrheit wünschen muss, dass sie recht schnell gehen möge.

Trudi blickt ihn an, hinter Tränen der Ungewissheit ein glückliches Grüßen. Paul geht zu ihr hin, umarmt sie mit einer Inbrunst, in der alle so lang gebändigte Sehnsucht sich entfesselt, und küsst sie. Trudi, liebes süßes Mädel! Mach dir nur weiter keine Gedanken! Meine Schwester ist nur so schrecklich eifersüchtig, musst du wissen! Sie will mich ganz für sich behalten, verstehst du? Wie Schwestern oft so sind. Aber ich kann doch nicht die eigene Schwester lieben, so ein nettes Mädel ...

Nicht *mehr*!, durchschneidet Lenchens Stimme das innige Beieinander, das Herz der beiden. Nicht *mehr* lieben! – Trudi und Paul schrecken auseinander.

Lenchen hat hinter der verschlossenen Tür gelauscht und durch das Schlüsselloch gerufen.

Gib Ruhe!, herrscht Paul die verriegelte Tür an. Noch lange nicht, noch lange nicht!, höhnt Lenchen im singenden Tonfall der Kinder, die Versteck spielen. Erst soll sie alles hören, die ganze liebliche Wahrheit, meine glückliche Nachfolgerin!

Paul wird von verzweifelter Wut gepackt, er stürzt sich gegen die Tür und schlägt mit den Fäusten krachend auf das dünne Einsatzholz. Gib auf der Stelle Ruhe, du! Sonst kannst du was erleben, das sag ich dir nur!

Lügner! Dreistes Lügenmaul!, lacht schrill die Schwester auf. Sie, Fräulein, Fräulein Nachfolgerin, glauben Sie ihm ja kein Wort, diesem Schuft! Wenn der sich mit Ihnen genug amüsiert hat, kriegen Sie ’n Fußtritt und werden mit die Fäuste heimgeschickt, wie er’s jetzt am liebsten mit mir tun möchte! Hören Sie nur, wie das

Aas tobt! Möchtst mich wohl gern totschlagen, hä, du verliebtes Schwein, du? Weil's dir auf einmal nicht mehr passen tut, dass de dir Nacht für Nacht bei mir ausgefickt hast, hä?

Paul wütet weiter gegen die Tür, dass das Holz splittert und die Hände bluten. Endlich, wie seine Kräfte erlahmen, wird ihm das Wahnwitzige seines Tuns bewusst. Er wendet sich um, am ganzen Leibe zitternd.

Die Küche ist leer. Die Tür steht weit offen … Paul stöhnt heiser auf: Trudi! ... Trudi! ... und schwankt durch den dunklen Flur. Das Mädchen steht, kraftlos gegen die Wohnungstür gelehnt und so, als ob sie sich ganz in das Holz pressen wollte. Das Lackhütchen ist zu Boden gefallen, wirr hängt das blonde Haar über der Klinke, über den zuckenden Schultern. Paul streichelt es ... unaufhörlich … wie ein Irrer. Endlich kann er diese Worte hervormühen: Trudi, glaubst du denn … ihren Worten, glaubst du denn … ihren Worten? Immer wieder fragt er das nun, zuletzt bettelnd wie ein hungerndes Kind.

Endlich richtet das Mädchen sich keuchend auf und spricht in das Holz der Tür: Ich weiß ja nicht.

In Paul gerinnt alles Blut, sein Kopf ist ganz leer. Er wiederholt noch immer die gleiche Frage, monoton wie ein Rosenkranzbeter. Er versucht, das Mädchen von der Tür zu lösen, sie in seine Hände zu ziehen. Sie sträubt sich, unsagbar schwer ist ihr schlanker Körper.

Paul, fragt sie endlich, sich gewaltsam aufrichtend und noch mehr von ihm abgewandt, was gilt dir als dein Teuerstes, auf was kannst du mir ein Versprechen geben?

… Meine Mutter ...

Dann sage mir jetzt, auf die Seele deiner Mutter, ob das wahr ist, was deine Schwester gesagt hat, oder nicht.

Paul schweigt lange. Er erstarrt in tauber Hoffnungslosigkeit, als stünde er ganz in Eis. Jetzt verliere ich alles ... alles ... Dann sagt er, als wäre er weit entfernt, in einer Höhle: Ja ..., sie hat die Wahrheit gesprochen.

Trudi klinkt die Tür auf. Ihre Hand tastet zurück, die kalten Fingerspitzen fallen einmal kraftlos über seinen Handrücken.

Aber jetzt liebe ich nur noch dich, Trudi! Nur noch dich!, schreit Paul auf. Bei der Seele meiner Mutter!

Das Mädchen nickt, schiebt sich durch die kaum geöffnete Tür und sagt, ehe sie hinter sich schließt, ganz weich und hoch: Du darfst deine Schwester nicht ins Unglück stoßen ..., du musst sehr lieb zu ihr sein.

Mit einem harten Ruck schließt die Tür. Paul reißt sie auf: Willst du mich nie wiedersehn?

Du musst mir Zeit lassen!, weht es von unten herauf.

Paul bleibt in der offenen Tür stehen wie einer, der fühlt, dass ihm das Augenlicht nach und nach schwindet. Drunten sind noch Trudis Füße zu hören, in müden Pausen, gleich Tropfen, die vereinzelt fallen. Sie fallen in des Jungen Herz. Dann klappt die Hoftür. Stille. Regen trommelt eintönig auf das Fensterbrett, plätschert glucksend durch das Abflussrohr.

Pauls Füße schieben sich zurück, rascheln an etwas. Ihr Lackhütchen. Jetzt bricht der Schmerz aus, ein Orkan, während er sich zu dem Lackhütchen bückt. Über dem Küchentisch presst er das Gesicht in das zerschlissene Futter, in dem das blonde Haar noch atmet. Er weint und weint in diesen toten, berückenden Duft des gestorbenen Glücks. Die Nässe dringt außen durch die Risse des Feiertagshütchens der Arbeiterin Trudi ...

Licht fällt in die nächtliche Küche. Lenchen tastet sich

auf den Zehen durch den grabesdumpfen Raum, in dem jemand schluchzt.

Paul stützt sich auf. – Lenchen! … Geh nicht fort! Ich will gut zu dir sein ..., will alles für dich tun …, komm, bleib hier ..., wir spielen Domino ..., ja, willst du?

Keine Antwort. Die Küchentür knarrt. Paul stürzt vor sich einher, mit hingestreckten Händen, fasst den Arm der Schwester, reißt sie zurück.

Das Mädchen wehrt sich, kratzt, beißt in seine Hand.

Ja, tu mir weh ... beiß, beiß! Aber bleib hier! Er fleht, ringt mit ihr wie ein Sterbender um das Leben.

Sieh doch, sie ist gegangen, sie will dich nicht unglücklich machen, wir beide wollen dich nicht ins Unglück stoßen! Komm, ich will wieder dein guter Bruder sein! Denk doch nur selbst, sei doch mal ganz ehrlich, das war doch keine Liebe zwischen uns, das war eine böse Verirrung ..., Sünde war das! Wenn wir so fortfahren, gehen wir beide ins Verderben! Höre mich doch nur, sag doch, dass alles wie früher sein soll! – Er schüttelt sie.

Die Schwester ist ein starres Holz, ein wächserner Birkenstamm in seinen Händen. Plötzlich zerrt sie sich los, wirft die Tür zwischen sich und ihn und sagt mit girrender Stimme: Ich danke dem Herrn Paul Schwarzer, dass er so gütig ist, mir zu erklären, dass er mir nie geliebt hat. Besonders freundlich ist es von Herrn Schwarzer, dass er mir nu so entgegenkommenderweise freigibt, ohne mich ins Unglück stoßen zu wollen. Ich bin so frei, meiner Wege zu gehn! Atschüs!

Darauf einige flüchtige Sätze über den Flur, Zuschmeißen der Tür, hastendes Getrappel die Treppe hinunter. Stille.

Mit schleifenden Füßen und keineswegs so, als wollte

er der Schwester folgen, nur wie einer, der lange stillgestanden hat und nun wieder weitergehen muss, wandert Paul über die Höfe, durch die Straßen, barhäuptig und ohne die Joppe geschlossen zu haben, ziellos, ein hin- und hergewirbeltes Blatt im Zyklon der großen Stadt. Die Schmerzen beim Gehen sind ihm lieb, sie machen ihn ganz taub.

Wie er heimkommt, steht Emil mit einem Handleuchter vor der Küchenwand und zeichnet. Die Mutter schläft bereits auf ihrer Matratze. Reuscher wäscht die Zeichnung schnell von der Wand, nur eine wie schützend hingestreckte Hand kann Paul noch erkennen. Er hockt sich auf den Küchentisch und pfeift. Schlager. Bricht plötzlich ab und beginnt einen andern. Das Regenwasser läuft ihm aus dem Haar und von den Kleidern, bildet Pfützen auf den Dielen. Emil steht vor dem Fenster, Hände in den Taschen, wippt auf den Absätzen. Dann beginnt er, vor sich hinzusprechen und so, als ob die letzten Stunden nicht gewesen wären, als ob er sie ausgelöscht hätte in seinem Bewusstsein wie vorhin die Zeichnung auf der Wand. Ja, sagt Emil Reuscher, in eines jeden Menschen Leben herrscht dieses gleiche Gesetz, ist Gottes Regiment zu erkennen. Man sollte immer daran denken, das gibt einem so viel Kraft. Alles Menschengewese und -getriebe, das oft so sinnlos und frevelhaft ist, kommt einem dann plötzlich beruhigt und geordnet vor. Man könnte meinen, das Pendeln und Ticken vieler Werke im Laden eines Uhrmachers zu hören. Und draußen geht die Sonne ihre Bahn und die Sterne, niemals zu früh, niemals zu spät, und all die Millionen Uhrwerke richten sich nach ihnen.

Stimmt, Herr Professer!, lacht Paul wiehernd auf. Und wenn Regenwasser in ein Uhrwerk läuft, dann gibt's

Rost und die Knarre geht nicht mehr! Bleibt einfach stehn! Gottes Regiment in Ewigkeit, Amen! Schlafense man nu den guten Schlaf des Glaubens, Herr Professer! Damit geht Paul in die Stube. Erst halb entkleidet, sinkt er schon wie tot auf seine Matratze.

Emil steht in dieser Nacht noch lange vor dem Fenster. Zuletzt murmelt er: Alles ist kaputt ..., muss von vorn anfangen mit meinen Gedanken. Und malt ein großes Fragezeichen an die angelaufene Scheibe.

Lenchen ist wie gehetzt in eine Bar gerannt, in die Fritz sie einmal geführt hatte. Vielleicht treffe ich ihn ..., sonst einen andern. Dies ist ihr einziger Gedanke. Die hohle Gier, sich zu betäuben, sich hinzuwerfen, zerstückt zu werden von tollem Rausch, saust wie eine Schleuder kreisend durch ihr Blut. Die Lippen hat sie mit dem Rest des Stiftes ganz dick karmin bemalt.

Die Bar schwimmt rot in rot. Eine Zigeunerkapelle fiedelt und schmettert durch den schmalen Raum, dass die üppigen Blumenornamente an den Wänden zu schaukeln scheinen.

Fritz ist nicht da. Macht nichts. Wird schon jemand kommen!

Nahe bei der Kapelle setzt sie sich in eine leere Koje und bestellt eine Brauselimonade. Nein, sowas gibt es hier nicht, erklärt verächtlich der Kellner. Nur Likör oder Wein. – Also dann einen Likör! Wie sie das Glas geleert hat, gießt der Kellner nach, ohne zu fragen.

Nicht lange braucht sie zu warten.

Ein stattlicher, elegant gekleideter Herr mit angegrautem Haar und Monokel nimmt ihr gegenüber Platz und bittet sie nach kurzem Blickwechsel zum Tanz. Lenchen fühlt, dass sie noch nie so getanzt hat, so hingegeben und wild, auch damals im „Englischen Hof" nicht! Ach, es ist ja alles gleich, alles dreht sich und ist rot und juhut und küsst in den Czardas hinein! Schön ist das Leben! Sekt, trink Sekt! Herrlich ist es dann!

Der Herr hat eine Flasche „Henkell Privat" bestellt und schon setzt der Ober die zweite in den Kühler.

„Trink, trink, Brüderlein trink, lass doch die Sorgen zu Haus" ..., jawohl, Herr Zigeuner, so ist's richtig! Pän, wie das an der Wand zerspritzte, was Onkelchen? Herr Kellner, ein neues Glas! Sekt muss man trinken! Meinswegen soll der Paul mit der Trudi und ... ähähähä ... isch dja alljes gllllllleijjj, ... häh!

Der Herr hält Lenchen jetzt auf den Knien. Er muss so sehr über sie lachen, dass ihm das Monokel aus der Augenhöhle springt und in das Sektglas fällt. Er schaltet das Licht aus, weil er sowieso nichts mehr sehen kann. Der Kellner zieht den Sammetvorhang vor die Koje.

Spät am nächsten Morgen erwacht Lenchen in einem fremden großen Zimmer. Ein Schreibtisch steht da und viele Bücher an den Wänden und vor den grünen Gardinen ein nackter Mann in Marmor.

Sehr vornehm ist das alles, das ist sicher ein Adliger oder ein Fabrikdirektor, mutmaßt das staunende Mädchen. Ach, und wie mollig das Eisbärfell ist, da kann man sich aber fein drin kuscheln! Hier steh ich ja nie wieder auf!

Überhaupt ist sie noch furchtbar müde und im Hinterkopf liegt so ein Druck. Er wird ja nicht böse sein, wenn ich nochmal rumschlafe, was? Bisher war er ja furchtbar nett zu mir, ein richtiges gutes Onkelchen! Aber wo ist es denn nur geblieben? Mir ist doch so, als ob er vorher auch hier gelegen hätte? Ein mächtig breites Sofa ist ja das! Da könnten wir zu Hause alle vier drauf schlafen! Die reichen Leute, die haben's schon gut!

Wie sie wieder erwacht, steht vor ihr auf dem niedrigen Tisch eine hohe Kristallvase mit einem riesigen Strauß roter Rosen darin. Und an der Vase lehnt ein Brief, so groß wie ein Schulheft. Dem süßen Kätzchen! ist schwungvoll auf dem Umschlag zu lesen.

Lenchen fühlt sich nun wie eine große Dame, eine Prinzessin oder eine Filmdiva etwa. Sie hat im Kino oft genug gesehen, dass man lässig das Antlitz in den Strauß des Verehrers zu tauchen und mit hochgeschrägten Brauen, doch um den Mund ein Erinnerung genießendes Lächeln, den Brief erst flüchtig zu küssen und dann sehr hastig zu öffnen hat.

Meisterhaft ahmt sie das nach. Und küsst auch mit von Ergriffenheit geschlossenen Augen den Zwanzigmarkschein, der in dem Umschlag ist. Endlich drückt sie ihn gegen die Brust.

Erst jetzt wird ihr bewusst, dass sie nackt ist unter dem warmen Flaum der Decke. Das ernüchtert sie für einen Augenblick und gibt ihr zu denken. Ach so, also so weit sind wir jetzt! Bin ich nun schlecht, werde ich nun bald in Dreck und Elend verkommen, wie Paul einmal sagte? … Ha, Paul, der hat schon eine Ahnung! Wenn man sich mit solchen Fabrikmädels wie Trudi abgibt, kann man allerdings nicht wissen, wie es bei vornehmen Herrschaften zugeht! Da trinkt man Sekt, kleiner Schuft, und dann macht man das Licht aus und dann ist man ganz futsch vor Seligkeit! Und nachher stehen Rosen auf einem Tischchen, das ganz aus Gold ist, aus purem Gold, damit du's nur weißt! Und obendrein bekommt man noch so viel Geld, wie du in zwei Wochen verdienst. Hübsche rosa Hemdchen und seidene Höschen kann ich mir jetzt kaufen und bald eine Perlenkette und dann ein eigenes Auto! Werde du nur glücklich mit deiner Trudi, meinen Segen habt ihr! Bald sause ich im Weißfuchs an euch vorbei und schminke mir die Lippen, während ihr am Wagen Zeitungen oder Schnürsenkel verkauft!

Aber wo bleibt es denn nur, das Onkelchen? – Halt, da steckt ja noch eine Karte in dem Brief. Liebes Kätzchen!, liest das Mädchen halblaut und Wort für Wort, verzeih bitte, dass ich gegangen bin, während Du noch schliefst, aber ich musste um elf Uhr zu einer Besprechung. Komm doch morgen Abend wieder zu mir, gelt? Wenn Du nachher gehen willst, brauchst Du nur links über dem Sofa zu schellen. Jonny, der Diener, bringt Dir dann Frühstück und lässt Dich nachher hinaus. Mit einem Kuss auf Deinen süßen, tollen Kindermund, Dein Theo!

Hojeh, jetzt beginnt es, das große Leben, jetzt kommt das Glück!, jubelt Lenchen auf und vollführt einen Indianertanz durch das Zimmer. Immer wieder liest sie die Zeilen und küsst die Worte, die so süß ins Blut gehen, bis ihre Lippen tintig sind.

Darauf kleidet sie sich an. Ja, das ist nun abscheulich, diese alten schmutzigen Fetzen! Schöne Kleider sind das Erste, was Theo mir schenken muss! So muss ich mich ja vor ihm schämen! Und auch vor dem Diener Jonny. Nein, ich schelle auch nicht, lieber verkneife ich mir das Frühstück!

Sie schnüffelt noch etwas zwischen den Briefschaften des fremden Herrn herum. Auf den Umschlägen steht: Herrn Schriftsteller Theodor Anwand.

Also sowas ist der! Lenchen rümpft die Nase. Ein Baron oder Fabrikdirektor wäre ihr lieber gewesen. Aber schließlich, Geld scheint er ja zu haben! Sie sucht nach einem Papier, um ihm etwas aufzuschreiben, wählt einen großen gelben Bogen, auf dem „Finanzamt Wilmersdorf-Nord, Steuererklärung für das Jahr …“ und sonst noch allerlei aufgedruckt ist, und schreibt groß über das Formular:

Lieber, süßer Herr Schriftsteller Anwand! Komme bestimmt morgen Abend, wenn ich mit schwarzes Seidenkleid, Spitzenwäsche und echtes Pelzjackett rechnen darf. Ich beehre mich mit einem Kuss auf Ihren wilden Männermund zu zeichnen, hochachtend Helene Schwarzer, Tänzerin.

Dann schleicht sie auf den Zehen durch die Diele, in der immer noch mehr Bücherschränke stehen und viele Bilder und Figuren sind, und gelangt unbemerkt auf die Straße.

In der Frühe des gleichen Tages, dessen erstes kaltes Schneegrau in die Stube dämmert, wird Paul von einem Traumgesicht wachgeschreckt. Mählich werden ihm die Geschehnisse des Abends bewusst. Er möchte sich zurückfallen lassen in den dumpfen, alles begrabenden Schlaf …, nur nicht mehr denken, nichts mehr wissen …! Aber das ungestüm klopfende Herz hat die Schlaftrunkenheit jäh verscheucht.

Behutsam, um den Schlummer der Mutter nicht zu stören, die am Montag daheimbleibt, schiebt Paul sich vom Lager und kleidet sich an.

Ich werde fortgehn von hier …, für immer!, wiederholt er wie eingelernt den Entschluss, den er gestern während des Irrgangs durch den Regen gefasst hat. Sonst passiert hier ein Unglück, sonst ist es eben Lenchen, die eines Tages nicht wiederkommt! Sie oder ich, für beide ist kein Platz mehr! Also ich! Mit kurzem Ruck holt er die Joppe über. Abgemacht, ich gehe! Vorher werde ich noch einmal Trudi fragen, ob das nun gestern der Abschied war. Bleibt sie dabei, mache ich überhaupt Schluss mit mir, dann habe ich verspielt!

Er blickt auf die Mutter nieder. Nimmt Abschied. Als ob er sie gemordet hätte, so ist ihm zumute. Der Richter kommt und zerreißt das Herz wie einen Fetzen Papier.

Auch Lenchen wollen seine Augen Lebewohl sagen. Das wird leichter sein, er geht um ihretwillen.

Sein Puls setzt aus. Zu spät! Alles zu spät!

Gelähmt von Schreck, von Schuldgefühl, das wie eine Faust unter der Kehle, im ganzen Leibe sich ballt, schleppt Paul sich in die Küche und rüttelt Emil wach. Lenchen ist nicht da ..., ist nicht wiedergekommen!

Dann müssen wir sie suchen!, sagt Reuscher und kleidet sich an.

Und wenn Mutter wach wird und wir sind alle drei nicht da?

Dann müssen wir warten, meint Emil mit der gleichen Gelassenheit, und wäscht sich am Spülbecken. Derweil wäre es gut, Paul, wenn du mir jetzt die ganze Wahrheit sagen würdest. Anders kann ich dir schwerlich raten.

Mit stockender Stimme vertraut der Junge dem Freunde an, was sich seit jener Nacht nach dem Rummelplatz ereignet hat. Das Erlebnis mit der Dame, Lenchens Liebschaft mit Fritz und die Überredung durch die Schwester in jener ersten Nacht verschweigt Paul, er misst sich allein die volle Schuld zu.

Reuscher kommt nicht dazu, dem Freunde Mut einzusprechen. Paul erleidet, kaum dass er geendet hat, einen Anfall selbstzerstörerischer Wut. – Atschöh! Verzeih mir vor Muttern, wenn du das kannst! Ich muss fort! – Emil ringt mit ihm. Paul reißt die Lade auf und packt das Brotmesser. Der Freund entwindet es ihm.

Ist das die ganze Verantwortung, deine ganze soziale Verantwortung, was?, faucht er den Jungen an und rüttelt ihn derb. Erst Unheil anrichten mit Lenchen und dann der Mutter selbst über Nacht davonlaufen wollen! Das wäre sowas! Hier bleibst du und stehst für dich ein, Bursche!

Mit einer Kraft, die er noch nie an sich erfahren hat, zwingt er Paul auf den Küchenstuhl und geht wie eine Wache vor ihm auf und nieder.

Nach allem, was ich jetzt weiß, hast du nur die eine verdammte Pflicht: Lenchen wieder hierher zu bringen.

Paul sinkt in sich zusammen, lässt den Kopf hin- und herfallen. Sie wird nicht wiederkommen. Nicht, solange ich hier bin.

Trotzdem müssen wir es versuchen. Das bist du deiner Mutter schuldig! Ihr werdet euch eben in Zukunft beherrschen müssen, schließlich seid ihr doch Menschen und keine ... keine ...

Nun sag's doch: Tiere!, lacht Paul bitter auf. Und nach geraumer Weile, beruhigter: Siehst du, Emil, jetzt bist du wieder der Professer! Ich hab ja schließlich mit aller Kraft gekämpft! Aber irgendwas war eben stärker als ich mit meinem ganzen Willen und Trotz!

Emil blickt auf das große Fragezeichen, das vereist ist im Fenster.

Die Mutter steht in der Tür. Über dem bauschigen Schlafrock des Mannes ruht klein und fahl das Gesicht mit halb geschlossenen Augen – eine Schlafwandelnde oder längst Gestorbene. Endlich hebt sie die Lider und blickt Paul so an, als wäre er noch ein kleines Kind und sehr krank. Der beugt sich ganz über seine Knie.

Du musst dich nicht schämen, Paulchen – ihre Stimme ist tröstend wie ihre Mutterhand –, ich habe gehört, was ihr gesprochen habt ..., ich habe lange schon alles gewusst. Ich könnte euch sagen, wer stärker war als dein guter Wille. Sie beschreibt mit dem Zeigefinger, der schwach zittert, einen Kreis rings um sich her. Dann knöpft sie dem Sohne die Joppe zu, glättet sein Haar und streicht einmal leicht an seiner Wange herunter. Was wir schlecht gemacht haben, dafür müssen wir leiden, Paulchen. Alle. Böse ist nur, wer darum noch Schlechteres verübt, statt das Leid auf sich zu nehmen. Geht nun, ihr zwei. Wenn Lenchen kommt, möchte ich, dass sie mich allein hier findet. Wenn sie ... nicht kommt ..., muss ich das auf mich nehmen. Wieder zeichnet sie den Kreis rund durch den Raum.

Zum ersten Mal seit Jahren küsst Paul die Mutter. Die zeigt ihr frisches, unverzagtes Lachen: Macht, dass ihr an die schöne Winterluft kommt, tut euch beiden schon lange not, mal kräftig durchgepustet zu werden!

Wie sie allein ist, wird die Mutter wieder klein in dem schleppenden Mantel und ihr Antlitz grau. Sie schleicht in die Stube, holt sacht, um Erna nicht zu stören, ein fettiges und vergilbtes Kontobuch aus der Tiefe der Schublade, kauert sich auf Pauls Bettrand und lässt den Finger auf Zahlenreihen heruntergleiten. Auf der ersten Seite steht unter dem Soll eine hübsche runde Summe. Das brachte sie, die Rendantentochter, als Mitgift in die Ehe. Unter dem Haben stehen all die Seiten hindurch sparsame Beträge für den Haushalt und sehr viel größere: für Gustav. – Alles verspielt und vertrunken!, murmeln die starren Lippen der Frau, die schöne Dreizimmerwohnung, die Möbel, alles! Dann der Krieg. Nachher war er gut und fleißig. Zu spät … Die Gasvergiftung! – Sie schließt die Augen. Vereinzelt fallen Tränen auf das Haushaltsbuch.

Spät am Vormittag kommt Lenchen. Wie die Mutter ihr öffnet, möchte sie wieder davonlaufen. Bei der hastigen Bewegung fällt eins der Pakete zu Boden, die sie im Arm trägt. Strümpfe sind darin und ein Spitzenhemd und ein seidenes Höschen. Sie hatte vergessen, dass Montag ist, und hatte erwartet, nur Paul und Emil vorzufinden. Die hätten sich wohl hüten dürfen, sie auszufragen!

Die Augen der Mutter haben etwas so Beschwörendes, dass die Tochter gehorsam ihr voran in die Küche geht.

Wo warst du die Nacht über, Lenchen?, fragt die Mutter, über die winzigen Wäschestücke gebückt, die schnell fertig werden müssen. Erna wird in den nächsten Tagen niederkommen.

Na, bei Lotti Scholz … zum Geburtstag. Nachher haben wir so lange gefeiert, dass Herr Scholz meinte, ich könnte nicht mehr allein zu Hause gehen und sollte man bei ihnen schlafen.

Und was hast du da in den Paketen?, fragt die Witwe weiter, ohne aufzusehen.

Ach, das sind nur ein paar alte Klamotten von Lotti. Frau Scholz hat sie mir geschenkt, weil ich doch so gar nichts mehr habe, keine Strümpfe und Hemden und Schlüpfer auch nicht.

Dass du mich so anlügst, Lenchen! Das ist doch sehr hässlich von dir!, sagt die Mutter viel mehr betrübt als streng.

Wieso lüge ich denn, was soll denn das heißen?, begehrt die Tochter auf. Wenn du mir so kommst, dann verdufte ich lieber gleich wieder! – Sie macht eine Bewegung gegen die Tür hin.

Die Mutter nestelt das Paket auf, das sie an der Tür vom Boden genommen hat, sieht starr auf das rotseidene Höschen und den Kassenzettel und dann, mit schmerzblinden Augen, auf Lenchen. Ihre Lippen spalten sich trocken, aber die Stimme versagt. Sie sucht Lenchens Arm und zieht die nur scheinbar noch Widerstrebende auf den Stuhl vor sich nieder.

Die beginnt zu weinen, in zornigem Trotz, aber auch aus bösem Gewissen. Plötzlich schreit sie die Mutter an, als wäre sie taub: Paul hat an alles Schuld! Der ganz allein! Damit du's nur weißt!

Die Mutter lehnt das mit fallender Hand ab und schüttelt mehrmals den Kopf. Paulchen trägt nicht allein die Schuld. Lass den nur jetzt ganz aus dem Spiel. Wir haben jetzt nur darüber zu sprechen, was du heut Nacht getan hast. Und auf deine Mutter wirst du doch noch hören, nicht?

Paulchen, ja, ja, Paulchen! Der ist ja dein besonderer Liebling! Der darf sich ja alles herausnehmen, den würdest du niemals so zur Rede stellen! Gewissenlos und hintenherum, wie der ist! Und bei Erna sagst du auch zu allem Ja und Amen. Jetzt sitzt du da und häkelst Strümpfchen für ihr Uneheliches! Ausgerechnet bei mir willst du dich plötzlich aufspielen!

Die Mutter blickt sie leer an. Die Schatten unter ihren

Augen sind ganz hohl, Tränen würgen ihre Stimme: Ich hab wohl immer mit gleicher Liebe für euch drei gesorgt! Dass du dich nicht schämst, so zu mir zu sprechen! Wenn ich Paulchen mehr durch mein Schweigen als mit Worten zurechtwies, so nur darum, weil er alles so schwernimmt und viel schwerer zu tragen hat als ihr zwei. Erna wird sich immer zu behaupten wissen, außerdem ist sie erwachsen und muss wissen, was sie tut. Und auch du bist eine glücklichere Natur, mit mehr Zuversicht und Witz …, ja, viel zu schnell und leicht bist du! – Die Witwe geht zu der Tochter, liebkost ihren Scheitel und bittet sie eindringlich: Lenchen, du bist doch noch mein Kind, nicht? Tu so etwas wie heute Nacht nie wieder ..., ich bitte dich darum! Lass dich nicht beirren, Kind, von den kurzen Freuden und von Geld und Glanz. Du musst es später mit einem langen Leben voller Jammer büßen! Willst du mir versprechen, mein braves Mädel zu bleiben?

Im Innersten ist die Tochter gerührt. Sie hängt der Mutter an und nimmt sich vor, ihr nicht mehr wehe zu tun. So nickt sie auf ihre Frage und sagt schluchzend: Ja.

Du musst dein Wort nun aber auch halten, Lenchen!, fügt die Mutter noch hinzu, schon ein glückliches Danken in den Zügen. Du wirst ja selbst nicht wollen, dass ich dich in das katholische Landheim geben muss, in dem die Schwestern dich gleich nach der Firmelung aufnehmen wollten. Aber Vater hatte ja damals etwas dagegen.

Mit dieser Mahnung will die Mutter das Heil ihrer Tochter, deren heißes Wesen sie fürchtet, vollends sichern. Doch auf Lenchen übt sie eine gegensätzliche, eine unheilvolle Wirkung. Jäh wird ihr bewusst, was sie mit ihrem vorschnellen Versprechen preiszugeben bereit war: die

Befreiung aus diesem elenden Zuhause hier, ein neues Leben voller Reichtum und allen Wonnen der Erde! Sie zürnt über ihre Unbedachtheit, zu der sie sich von einer albernen Rührung hinreißen ließ. Ausgelöscht ist alles kindliche Gefühl für die Mutter. Die Auflehnung verleiht dem Entschluss, ihr Wort nun gerade nicht zu halten, willige Nahrung.

Erna ruft drinnen: Mutter! Die Witwe geht in die Stube.

Hastig rafft Lenchen die Pakete zusammen. Was hat sie hier noch zu suchen? Hier, in dieser muffigen Küche und Stube, in denen fünf, sechs Menschen aufeinandergedrängt leben, lieben, Kinder zeugen und sterben! Wo man doch auf einem Eisbärfell liegen kann, auf einem Sofa, das so breit ist wie die ganze Küche! Wo man doch die Freundin, die Geliebte eines vornehmen Herrn sein kann, der „süßes Kätzchen" zu einem sagt und die schönsten Rosen neben das Sofa stellt und einen Brief mit viel Geld und zärtlichen Worten! – Ich möchte mal wissen, wer mir noch was zu sagen hat und mit dem katholischen Landheim zu drohen! Da soll ich wohl den ganzen lieben Tag Strümpfe stopfen und den Rosenkranz herunterleiern? Das könnte euch so passen! Und Paul amüsiert sich unterdes mit Trudi, und Erna bekommt immer mehr Kinder von andern Männern! Na, so dumm werd ich ja nicht sein! – Also atschöh, ihr alle miteinander! Werdet selig mit euren Margarinestullen und mit dem Essen im Emailletopf, das den feinen Herrschaften nicht geschmeckt hat! Mich bekommt ihr hier nicht mehr zu sehen!

Lenchen, ruft die Witwe aus der Stube, lauf doch schnell zur Apotheke und hole die Tropfen für Ernchen! Das Rezept liegt im Küchentisch.

Geh ja schon, versetzt Lenchen, fingert das Rezept hervor, schreibt auf die Rückseite: Paul ist an alles schuld!, lässt den Zettel auf dem Küchentisch liegen und hastet, so eilig wie noch nie, aus dem Hause.

So, und jetzt wende ich mich der goldenen Zukunft zu!

Aber die hat es nicht so eilig wie Lenchen Schwarzer, zunächst ist sie noch recht grau in grau und leer wie dieser Februarmittag. Bis morgen Abend heißt es sich noch gedulden. Was beginnen während der langen Wartezeit und wo bleiben? Zum Glück hat sie noch sechs Mark zwanzig von dem Geldgeschenk übrig behalten.

Lenchen fühlt sich peinlich aufgestört in ihrer hochgemuten Stimmung. Missgelaunt wandert sie durch viele Straßen, die Pakete baumeln an den klammen Fingern. Eine bissige Kälte ist das ja heut und die alten Fetzen hab ich auch immer noch am Leibe!

Sie geht in ein Rondell und legt die feine Unterwäsche an. Jetzt friert sie zwar noch mehr, sie ist die dünnen Seidenstrümpfe nicht gewohnt, aber immerhin, dafür hat man das Bewusstsein, sich wenigstens bei intimerer Stimmung sehen lassen zu können!

In einem Café wärmt sie sich gründlich auf. Viele Mädchen sitzen da, die gleich ihr nichts Besseres zu tun wissen und heiße Schokolade trinken. Missgünstig mustern sie Lenchen, in der sie sofort die freibeuternde Konkurrentin wittern. Auch viele Herren sehen unverwandt in ihr Gesicht, zwinkern und winken mit den Augen. Lenchen bekümmert sich nicht darum, sie hat ja ihren Freund! Der stellt was anderes dar als diese Minuskavaliere hier! Und wie ein Student sich vertraulich an ihren Tisch setzt und sie einfach auf Du anspricht, kehrt sie sich hochmütig ab und erwidert nur: Ich hab mit Ihnen noch keine Schweine gehütet! Der Student muss das zugeben und erbost zu seinem Tisch zurückkehren.

Die Nacht verbringt die Flüchtige in einem kleinen Hotel in der Schlegelstraße. Und den nächsten Tag wieder im Café. Es war ihr nun doch recht weh zumute, zum ersten Mal so allein in einem fremden Zimmer. Sie dachte an die Mutter und fühlte arg ihr Gewissen. Aber eine Umkehr gab es nun nicht mehr. Nein, nie wieder zurück zu Paul und in die Stube, wo nun auch noch ein Säugling quarren und es nach genässtem Zeug scharf riechen mochte! Iks, nee, Babys konnte sie schon gar nicht leiden!

Tja, Helene, jetzt sind wir also ganz auf uns gestellt!, sprach sie am Morgen ihr Gesicht im Mahagonispiegel an, jetzt sind wir auf unsere Reize und auf die Gunst der Mannsleute angewiesen! Na, ich werde sie schon zu umstricken wissen, was? – Näher rückte sie das Antlitz dem Spiegel, drehte den Kopf hin und her und gab ihren Zügen einen bald schnippischen, bald koketten und bald verführerischen Ausdruck. Dabei erteilte sie sich eifrige Belehrungen: So, das ist schon ganz aufregend. Aber die Lippen müssen mehr vorschwellen und so ein bisschen offen stehen! Jawohl, wenn du die Augen so ganz schräg hinüberschmeißt, bist du einfach unwiderstehlich! Aber bitte schön, Helene, mehr Pupille! Nicht die Augen zusammenkneifen, das sieht zu ordinär aus. Das tun solche wie Trudi vielleicht, aber deinen Herrn Schriftsteller, das süße Onkelchen, musst du immer ganz groß anlächeln, dann ist er schon futsch!

In der zweiten Nacht nach jenem Montag kommt Erna nieder, mit einem Mädchen. Paul und Emil hatten sich schon in der Küche schlafen gelegt. Dann werden sie aufgeschreckt von den Schreien der Kreißenden. Sie gellen in dem toten Hause auf und nieder, als brächen sie tief aus dem Schoß der Erde, als bäumte ringsum die Nacht sich in Wehen.

Paul presst sich die Ohren zu, er will nichts hören. Er ist ganz in seinen Gram gedrängt wie ein Gefangener in den dunkelsten Winkel seines Kerkers. Lenchen ist nicht wiedergekommen und Trudi schweigt, lässt sein unermüdliches Bitten, das sie doch fühlen muss, ohne jede Erwiderung. Er weiß nicht, wie er sie erreichen kann, kennt weder ihre Wohnung noch die Gummifabrik. So ist er erbarmungslos darauf angewiesen zu warten, Tag um Tag, von denen ein jeder sich zu Ewigkeiten dehnt. Jede Post lauert er mit flatterndem Atem ab. Wie er den schwerfälligen, polternden Schritt des Briefträgers hasst, der unerbittlich an seiner Tür vorüberschnauft! Oft möchte er sie aufreißen und ihn anbrüllen: Aber Sie müssen doch einen Brief von Trudi haben, so geben Sie mir ihn doch endlich! Stattdessen schleicht er in die Küche zurück, so, als ob er die Nachricht von Trudis Tod empfangen hätte. Und in der gleichen verzehrenden Unrast hofft er noch immer, dass Lenchen plötzlich wieder da sein wird. Bei jedem dünnen Schritt die Treppe hinauf stürzt er auf den Flur.

Ein neuer Aufschrei der Gebärenden scheucht den Jungen aus seinem stumpfen Brüten. Möchte sie doch bloß aufhören, so zu brüllen! Wie ein wildes Tier!, flucht er überreizt und wirft sich herum gegen die Wand.

Ja, raunt Emil, wenn man nur immer daran dächte, welche Qualen man seiner Mutter einst bereitet hat! Dann würde man besser wissen, was eine Mutter zuletzt ist. Eine Schmerzvolle bleibt sie ihr Leben lang und ...

Emil, ich will dir jetzt ein für alle Mal etwas sagen: Lass endlich dein wehleidiges Gepredige! Das steht mir jetzt bis hier, genauso wie die Schleimsuppe, die ich früher jeden Morgen löffeln musste! Mich überzeugst du mit deinen Bibelweisheiten doch nicht! Na also, dann wirst du sie wohl besser für dich behalten!

Reuscher ist es jetzt auch satt, sich von dem Jungen ständig zurechtweisen zu lassen: Ich verbitte mir dein ewiges Geschimpfe und Gehöhne, verstehst du! Mach du erst mal durch, was ich hinter mir habe, dann würdest du dankbar sein, jemand zur Seite zu haben, der es so gut mit dir meint! Wer hat dich denn neulich festgehalten, wie du dich aufgeführt hast gleich einem Tollwütigen? Trotz und mucke du nur ruhig weiter mit deinen achtzehn Jahren, man sieht ja, wohin du damit kommst!

Paul springt auf. Also Donner und Doria nochmal, wenn du nicht sofort dein Maul hältst, muss ich mir anders Luft machen! Mir juckt's lange schon so in den Fingern, irgendwas ganz Dolles muss geschehen ..., ich weiß ja nicht mehr, wohin mit mir!

Dir scheint die Sporthalle zu fehlen, mein Söhnchen!, spottet Reuscher, keineswegs eingeschreckt. Oder ein neuer Handel im Keller!

Mit einem Satz ist Paul vor dem Lager des Freundes, die Faust hochgeworfen.

Emil misst ihn von unten aus klaren, unbewegten Augen. Der Dämmer der Schneenacht draußen löst sein Antlitz in jene Wolke von Einsamkeit, von Reinheit, die den Jungen in jener ersten Nacht ihrer Begegnung ergriff, ihn als der kühle Atem des schwarzen Engels anwehte.

Er löst die Faust und fährt mit dem Handrücken über die Stirn wie ein Erwachender. Bietet dann dem Freunde mit beschämtem Lächeln die Rechte. Der drückt sie und sagt nur: Also gut, abgemacht!

Was ist abgemacht, Emil?

Dass ich dir helfen werde, Trudi ausfindig zu machen.

Sie überlegen miteinander. Es besteht nur eine Möglichkeit, die heißt: Franz Bolle! Während sie noch beraten, auf welche Weise Bolle zur Preisgabe der Adresse seiner einstigen Freundin zu bewegen sein könnte, kommt der Arzt in die Küche und hinter ihm die Mutter, blutige Tücher in der Schürze. Während der Doktor sich die Hände seift, versichert er der Witwe noch einmal seine besondere Zufriedenheit mit Ernas Befinden wie mit dem des Neugeborenen. Ein Muster von Becken, Frau Schwarzer!

Die Mutter hustet trocken. Na, na, Mutter Schwarzer, immer noch Husten?, fragt der Arzt jetzt in einem ganz andern Tone, väterlich. Überhaupt sehen Sie mir recht abgehetzt aus. Ich schicke morgen früh sofort die Gemeindeschwester, damit Sie Hilfe haben! I wo, keine Sorge, kostet Sie keinen Pfennig! Die Witwe mit einem Klopfen auf den Handrücken aufmunternd und Emil und Paul schönen guten Abend wünschend, will sich der Doktor entfernen. – Ach, erlauben Sie, Herr Doktor!, hält ihn Reuscher unter einer plötzlichen Eingebung zurück, untersuchen Sie doch mal bitte Pauls rechten Oberschenkel.

Verwundert legt der Arzt wieder ab und lässt sich berichten. Und damit beglücken Sie mich jetzt, nach zwei Wochen, und nachts zwei Uhr?, wettert er drauflos, eigentlich müsste ich Sie ja nun ihr ganzes Leben hindurch forthumpeln lassen. Na, herzeigen!

Je länger er an der „blauen Geschichte“ herumdrückt

und je mehr Paul aufstöhnt, umso wohler fühlt sich der Arzt in seinen Zorneskundgebungen. Wenn Sie nicht so 'ne prachtvolle Mutter hätten, würde ich Ihnen überhaupt den ganzen Schinken da absägen, verstanden, junger Mann? Mit so 'm schönen harten Bluterguss plus Muskelzerrung ist schon mancher zum Stelzvogel geworden! Thrombose soll auch schon vorgekommen sein! – Na, na, beruhigt er die Mutter, die schwach: Paulchen! ruft.

So, Sie Kurschinder!, beschließt der Arzt die peinvolle Viertelstunde. Zwei Wochen fest liegen, Umschläge ... so und so ..., komme jeden zweiten Tag massieren! Basta!

Paul schickt einen Blick, in dem sich Vorwurf und Niedergeschlagenheit mischen, zu Emil hinüber. Reuscher entgegnet ihm mit dem Lächeln eines Lotteriegewinners. Ich darf wohl dann morgen ein Attest bei Ihnen holen, Herr Doktor, dass Paul fürs Nächste nicht mehr in die Sporthalle darf?

Nachdem der Arzt auch über diese Neuigkeit unterrichtet worden ist, nickt er nur ingrimmig: Natürlich! Das Boxen wird der Jüngling in den nächsten Wochen mir überlassen!

Sobald der Arzt mit der Mutter auf dem Flur ist, sagt Paul: Emil, du bist ein ganz gemeiner Schuft! Aber das muss ich dir lassen, du hast die Sache fabelhaft gedreht!

Am folgenden Abend sucht Emil Reuscher mit dem Attest des Arztes Herrn Grello auf. Der spielt erst den Erstaunten und dann den Empörten, so als ob er keine Ahnung von der Schlägerei hätte. Dann lassen Sie vielleicht mal Herrn Braillard kommen, rät Emil. Der erscheint nach geraumer Weile, noch schweißnass vom eben beendeten Kampf. Gemächlich frottiert er sich ab, während Grello ihn mit einer richtigen Kanonade von Flüchen und Androhungen überschüttet. Braillard, das kost Ihnen hundert Mark Buße, hundert Mark! Wenn nicht mehr! Denken Sie valleichte, dass ich meine Leute nur darum so mühselig ausbilden tu, damit se mir nachher, wenn ich se glücklich ringfähig habe, von so 'm Bullen wie Ihnen zuschanden geschlagen werden?

Bolles Kopf schießt aus dem Genickfett himbeerrot nach vorn, die ganze Kuhstirn drängt sich in die drohende Falte quer über der Nasenwurzel: Wat denn, wat denn! Habense valleichte nich ooch Ihr Vajnüjen jehabt an die Keilerei? Nur so jetanzt hat Ihre fette Trommel vor Bejeisterung! Wat da der Mattenprinz nich forn Joliath war, bloß weil mir det Aas eenen ins Ooje jefenstert hat! Un nu uff eenmal hundert Mark Buße! Püh! Det wär ja jelacht! Die hundert Mark könnense meinswejen Hindenburg außem Fonds fors Krüppelheim klaun, aber nich mir aus meener ehrlichen Tasche, Sie!

Die beiden Gewaltigen bullern immer wütiger los und drohen, aneinanderzugeraten.

Emil unterbricht sie bescheiden. Gestatten Sie, Herr Grello, ich möchte Monsieur Braillard mal gern etwas fragen.

Die beiden halten inne und glotzen Reuscher blöde an. Der winkt Bolle gewinnend zu sich heran, vor die Portiere. Ich werde Herrn Grello bitten, die Sache auf sich beruhen zu lassen und auch Paul wird weiter den Mund halten, wenn Sie mir einen kleinen Gefallen tun.

Bolle will sich zunächst auf nichts einlassen, brüllt nun Reuscher an, was er hier eigentlich zu suchen hätte und so. Erst nachdem Emil ihm ein Zweimarkstück in die Hand gedrückt hat, bezeigt er sich zugänglich.

Ach so, wenn's nur det is, die Adresse von die Trudi. Ja, die is mir ooch unbekannt, sie is ja immer zu mich jekommen.

Nach einem weiteren Zweimarkstück vermag er sich immerhin auf die Fabrik zu besinnen, von der er sie mehrmals abgeholt hat.

Unvermittelt windet sich Emil durch die Portiere, überlässt die beiden ihrem Streit, der sofort wieder losbricht. Paul kann seinem Schöpfer danken, dass er in diese Bude nicht mehr zu gehen braucht!, denkt froh der Freund.

Klaglos trägt die Witwe den Schmerz um Lenchen. Das Rezept mit der Aufschrift „Paul ist an alles schuld!" hatte sie an jenem Montagmittag in Stücke und immer kleinere Stücke zerrissen, mit hohl auseinandergefallenen Lippen und einem ganz wächsernen Gesicht.

Am Morgen und am Abend sitzt sie auf ihrem Küchenstuhl, so klein und vorn auf dem Rande, als wäre sie nur noch eine Geduldete, eine Verirrte, die gastfreundliche Menschen aufgenommen haben. Die Bäume im Tiergarten und die seltenen Vögel, die jetzt still sind gleich ihr, grüßt sie nicht mehr auf den Wegen zu Hasselbachs. Nur dass sie mitunter in den bleigrauen, leeren Winterhimmel aufblickt. Es kann geschehen, dass ihr, wenn sie wie lauschend vorgeneigt am Küchentisch hockt, das Brot aus den Fingern fällt, an dem sie mahlt. Nur einmal – Emil zeichnet und Paul schläft bereits – spricht sie: Wer nicht mal Gardinen hinter den Scheiben hat, darf nicht darauf rechnen, dass die Kinder sich auf gute Weise durchs Leben helfen. Dann ist es eben alles dem freundlichen oder bösen Geschick anheimgestellt.

Getreulich, doch nicht mehr mit dem frohgemuten Eifer von einst, versieht sie das Ihre, hilft der Gemeindeschwester, trifft pünktlich bei Hasselbachs ein und geht spät, leistet am Sonnabend die Fabrikreinigung. Frau Hasselbach findet, dass die Witwe von Tag zu Tag zerstreuter wird, und zankt sie immer häufiger aus. Früher kränkte sich die Witwe darüber, heute sind ihr die harten Worte fast lieb, weil sie glaubt, dass man gerechten Grund hat, ihr zu zürnen. Frau Hasselbach allerdings wohl geringeren als der Herrgott, zu dem sie viel für Lenchen betet.

Paul liegt die Tage und Nächte hindurch auf seinem Lager wie auf der Folter. An jedem Morgen verspricht er sich: Nein, heut halt ich's aber nicht mehr aus! Heut steh ich einfach auf und geh zur Fabrik und dann auf die Suche nach Lenchen! – Wie ein Anfall von Fieber schüttelt es ihn, sooft er die Mutter anblickt.

Mit Emil ist eine Wandlung geschehen, seitdem Erna ihr Kleines empfangen hat. Er zeichnet nur noch selten und spricht auch nicht mehr viel. Am frühen Morgen geht er fort und kehrt gewöhnlich erst am Abend heim. Er sucht eine neue Stellung. Und eines Nachmittags kommt er mit glücklichen Augen, wie Tränen rinnt ihm die Freude über die Wangen und der magere Schnauzbart schwingt stolz nach oben, so oft zwirbelt er ihn an den Enden, die bisher gleich Trauerweiden übers Kinn hingen. Ja, ich habe wieder Arbeit gefunden, und zwar sehr gute, in einer großen Firma, der die Ausmalung von Neubauten aufgetragen ist … noch und noch! Siehst du, Paul, was ich dir damals sagte! Wenn ich erst wieder Pflichten habe, komme ich auch wieder hoch!

Dann werdet ihr wohl bald ausziehen?, fragt der Junge.

Natürlich! Zwei Zimmer können wir uns jetzt leisten! Hier könnten wir, wenn wir erst verheiratet sind, ja doch nicht bleiben.

Erna kommt hinzu. Sie ist schnell wieder zu Kräften gelangt und versorgt das Kind bereits allein. Die Pflegerin konnte schon vor zwei Tagen abbestellt werden. – Ich denke ja gar nicht daran, hier auszuziehn!, ruft Erna. Das wäre ja was, fremden Leuten für zwei möblierte Zimmer das Geld in den Rachen schmeißen! Ach was, zu mehr reicht's ja vorerst doch nicht, Emil! Nee, wir bleiben hübsch hier wohnen, bis wir beide so viel beisammenhaben, dass wir uns dann gleich eine eigene Wohnung nehmen können. Wo wir jetzt beide verdienen, können wir ja in zwei Jahren gut so weit sein. Und du hast hier deine Küchenwände, wo du den ganzen Abend drauf malen kannst. Denkst du, fremde Leute lassen sich ihre Tapeten verschmieren?

Emil widersetzt sich: Wie sie sich denn das hier dächte?

Na, ganz einfach, erklärt seine künftige Frau. Mutter und Paul ziehen eben in die Küche und wir drei wohnen in der Stube!

Die Witwe schüttelt den Kopf, und auch Emil will das keinesfalls zugeben. Man kann doch der Mutter und Paul nicht ihre eine Stube nehmen!

Erna wird böse und droht, von der beabsichtigten Heirat zurückzutreten. Dann könnte er überhaupt sehen, wo er bliebe.

Emil, der eben noch so glücklich war, endlich wieder Pflichten zu haben und mit ihnen Arbeit, will sich zuletzt fügen, doch die Mutter bestimmt mit einer Festigkeit, die fremd, ja erschreckend auf die drei wirkt und die selbst Erna verstummen lässt: Bis zu eurer Hochzeit behalte ich euch noch hier, keinen Monat länger! Wenn zu viele Menschen zu eng beieinander leben müssen, werden sie schlecht! Davon kommt das meiste Unheil unter unsersgleichen. Ernas Mädelchen soll in seiner eigenen Stube groß werden!

Am neunten Tage der Behandlung, an dem der Arzt nicht kommt, vermag Paul die Qualen der Ungewissheit nicht mehr zu ertragen. Am frühen Nachmittag kleidet er sich an und fährt hinaus zur Fennbrücke, zu der Gummifabrik. Die Schwäche nach dem Liegen und die Steifheit des Beins kümmern ihn nicht, die bohrende Unruhe, ob er Trudi auch treffen und was sie zu ihm sagen wird, hetzt ihn atemlos vor sich her.

Um vier Uhr erreicht er die Einfahrt der Fabrik, zwei rote, quadratische Säulen, die das endlose gusseiserne Gitter unterbrechen, um fünf Uhr ist erst Arbeitsschluss. Paul fühlt sich schlecht und ganz erschöpft, er bittet den dicken Portier mit Weihnachtsmannbacken und roten Borsten unter der Nase, sich zu ihm in die Torwacht setzen zu dürfen. Der Dicke nickt unwirsch, schiebt ihm in der stickheißen Stube einen Schemel hin. Paul fragt, ob heut im Werk für Fahrradschläuche mit Überstunden gearbeitet wird. Der Pförtner schüttelt nur den Kopf, schmatzt Kaffee aus seiner Blechtasse. Vielleicht nach fünf Minuten sagt er: Nee, heut is fauler Tag.

Acht Stunden am laufenden Band sind grad genug!, erklärt Paul.

Höhöh!, rülpst der Dicke mit den Säuferlippen, für det Pack is det jarnischt! Alle Woche, die der Herr werden lässt, will det mehr Lohn haben, imma mehr Lohn, aba man bloß nich mehr aabeeten dabei! Na, nu frage ick Sie, wo soll denn dat hin, zu wat solln det führn? Da muss ja allet in Jrund und Boden ruiniert werden! Wat denkense, wie lange hier noch der Schornstein rauchen tut? Schmulius, ruft der Dicke mit aufgehobenen Händen, so als wollte er eine Biertonne umarmen, zu dem rauchenden Schornstein hinüber, fünf Jahre jebe ick dir noch, na, sagen wir achte! Denn haste ausjeschmokt! Ick übalebe dir noch, jawoll!

In Paul wühlt Empörung, doch würgt er jedes Wort der Entgegnung hinunter. Vielleicht kann der Dicke Trudi schaden?

Sehnse mal, beginnt der aufs Neue, so 'n Aabeeter hat ja ooch jar keenen Stolz nich, nee, det sind ja wirklich keene Menschen mehr! Wenn er nur zu fressen und zu saufen hat, denn is er schon zufrieden! Mehr will er jarnich. Na, is det valleichte een menschenwürdjes Leben? Hier von die Voraabeeter und Werkführer lässt er sich anbrüllen nach Strich und Faden, und zu Hause prüjelt er dafür seene Olle windelweich! Det is der Aabeeter, jenau so und nich anders!

Paul springt vom Schemel, reißt seine Wut, wieder in Erinnerung an Trudi, im letzten Augenblick in sich zurück und sagt nur kurz: Das ist aber eine mörderische Hitze hier bei Ihnen! Da wart ich jetzt lieber draußen. Und geht.

Frierend, elend und die Fäuste noch immer in den Taschen der Joppe geballt, harrt er reglos gegenüber der Einfahrt.

Transportwagen wechseln donnernd hinein und heraus und einmal auch ein eleganter Privatwagen. Der Dicke stürzt aus seinem Häuschen und lüftet unter zwei, drei Rumpfbeugen seine rotborstige Billardkugel. Also das ist nun wohl der Stolz, den der Arbeiter nicht hat? Der Stolz des Proletariers, der zehn Mark mehr bekommt pro Monat und eine Dienstmütze statt der schmierigen Kappe tragen darf!, denkt Paul angewidert.

Die Sirenen heulen. Erst vereinzelt und dann in dichter Schar kommen schwarz und eilend Männer und Frauen über die Höfe, zerstreuen sich hinter der Einfahrt. Einer lacht derb, wenige plaudern, die meisten gehen müde, still ihres Wegs. Einige Burschen warten Kolleginnen ab, sie fassen sich unter. Das erspart alle Fragen und Antworten.

Mitten im Strom kommt Trudi. Ihr mattes Blondhaar, das blasse Antlitz schwebt über dem dünnen Tuchmantel und vor dem Schwarz der Männer und Frauen wie ein fernes, einsames Licht auf nächtlichen Wassern. Sie bemerkt den Wartenden nicht, will zur andern Seite abschwenken.

Paul rührt sie am Arm. Erst weht ein frohes Erschrecken über ihre Züge, dann erstarren sie wieder in den Falten des Grams.

Ja, ich hielt es nicht länger aus!, beantwortet stockend der Freund ihr stummes Erstaunen. Komm doch etwas beiseite.

Zögernd folgt ihm das Mädchen, stetig auf das Pflaster blickend. Er will ihre Hand fassen, Trudi entzieht sie ihm, schiebt sie in den Mantelausschnitt. Ist es dir nicht recht, dass ich gekommen bin?, fragt bedrückt der Junge.

Ein leises Zucken in den Schultern. Dann, so fern, wie vorhin das Licht, ihre Stimme: Du weißt doch, Paul … deine Schwester …

Lenchen, unterbricht Paul sie überstürzt, meine Schwester ist nicht mehr bei uns! In seinem Ton ist ein

Frohlocken, das ihn reut und das er doch, bei allem Widerstreben, nicht zu meistern vermag.

Ganz erschreckt blickt Trudi auf den Freund, dessen kranke Wangen von jäher Röte durchblutet werden.

Ja, wo ist sie denn, Paul?

Noch tiefer flammt des Jungen Gesicht: Mutter hat sie zu ihrer Schwester nach Kottbus geschickt. Unser Onkel hat dort eine Großbäckerei.

Das Mädchen spürt die Lüge, sie senkt wieder die Stirn und starrt auf das Straßenpflaster: Und warum hat deine Mutter sie weggeschickt?

Auflehnung wächst in Paul wider die Nötigung, immer weiter und dreister zu lügen. Doch die Angst um Trudi lässt ihm keine Wahl. Lenchen ist ja doch verloren!, bespricht er sein anklagendes Gewissen, niemand kann verlangen, dass ich um ihretwillen Trudi aufs Spiel setze! – Wie eingelernt, so als handle es sich um etwas Bekanntes, das nur die Freundin noch nicht weiß, entgegnet er: Bei uns ist es zu eng. Unser Lenchen wird dadurch immer wieder in Versuchung gebracht. Wenn zu viele Menschen immer so miteinander leben müssen, werden sie schlecht. Das viele Unglück unter unsersgleichen kommt meistens daher.

Um Trudis Mund blüht ein Lächeln, mählich lösen sich ihre Züge aus der Kümmernis durchwachter Nächte, zehrender Zweifel. Wenn es doch wahr sein möchte, wenn doch wirklich niemand mehr zwischen uns beiden stände!, fleht innig ihre Hoffnung, an der sie bereits verzweifelt war. Ihre Hand drückt beschwörend die des Freundes. – Ist das auch wirklich die Wahrheit, Paul?

Der will schon, ohne weitere Überlegung, nicken und Ja! sagen. Doch die Feigheit seines Verhaltens empört ihn plötzlich so heftig, dass nur eine zögernde Bewegung zustande kommt.

Trudi lässt ihre Hand aus der seinen fallen und blickt zur Seite nieder. Tränen quellen unter den gesenkten Wimpern hervor.

Erst bringe ich Lenchen ins Unglück, und dann will ich mich hier auch noch reinwaschen, mich als wahrer Edelmann aufspielen! Pfui Deibel!, durchfährt es den Burschen. Wo bleibt denn da mein Stolz, mit dem ich vorhin den Dicken verachtet habe? Nein, wenn ich Trudi nicht mit der ganzen Wahrheit behalten kann, dann will ich lieber verzichten und Schluss machen mit mir!

Trudi, ich habe dich angelogen!, gesteht Paul. Das Mädchen fährt zusammen wie unter einem Rutenstreich, der Junge fasst ihren Arm. Aber wenn du mich wirklich gern magst, Trudi, dann lauf jetzt nicht gleich wieder fort! Ich muss mich erst richtig aussprechen vor dir! Danach kannst du dich ja dann entscheiden.

Das Mädchen vermag nicht zu antworten. Doch folgt sie ihm in die Kneipe an der Ecke. An einem abgelegenen Tisch und begleitet vom krächzenden Geschmetter des alten Trichtergrammophons, vertraut Paul der Freundin an, was sich zwischen Lenchen und ihm begeben hat. Ruhe ist in ihn zurückgekehrt, der Entschluss zur Wahrhaftigkeit verleiht ihm eine schöne, ja freudig anmutende Festigkeit.

Trudi, je länger sie zuhört, blickt ihm immer offener, befreiter in die Augen. Die Ehrlichkeit und anständige Gesinnung des Burschen, der bei der Schilderung der Ereignisse nur die Schwester zu verteidigen bemüht ist, offenbaren ihr seine saubere und männliche Art, erwecken in ihr Zuversicht und ein so freudiges Vertrauen, dass sie inmitten der Bestürzung über Lenchens Flucht, für die Paul sich die volle Schuld beimisst, seine Hand zu liebkosen beginnt.

Ungewiss schaut der Junge sie an und erklärt abschließend: So, Trudi, nun weißt du alles. Und je nachdem, wie du jetzt über mich denken musst, kannst du mich ja wieder alleinlassen oder bei mir bleiben. Ich bin mit meinem Entschluss, so oder so, fertig, ich wollte nur zwischen uns noch Ordnung schaffen.

Was würdest du denn tun, wenn ich jetzt von dir gehe?, fragt das Mädchen mit gespielter Ernsthaftigkeit, hinter der Paul die Schelmerei nicht spürt.

Das sage ich dir nicht. – Auch alle weiteren Fragen beantwortet er mit dieser beharrlichen Weigerung.

Und was ist dein Entschluss, wenn ich hier bei dir sitzen bleibe?

Dann will ich dich heiraten, sobald ich dazu nur imstande bin!, erwidert Paul mit der gleichen abwartenden Entschiedenheit. Ich habe aus all jenen Erlebnissen gelernt, dass alles andere Talmi ist und nur Unheil mit sich bringt.

Das Mädchen kann das Versteckspiel vor ihrer Glückseligkeit nicht länger ertragen. Unversehens ist sie auf Pauls Schoß, presst sich an ihn und küsst ihn, unbekümmert um die Gäste im Lokal, überall da hin, wo der Liebste und nicht raue Joppe, Halstuch und Mütze zu schmecken ist.

Trudi! Mädel!, ruft Paul, herzt sie und schwingt sie auf seinen Knien.

Man reißt Witze über die beiden. Der Wirt kommt in Filzlatschen mit zwei Gläsern Grog herangeschlichen, äugt schmunzelnd von links und von rechts in ihre Umarmung. Die zwei bemerken ihn nicht. Also Menschenskinder!, stört des Schankwirts ölige Stimme sie auf, wenn ihr hier Valobung feiern tut, denn will sich Kulickes Hans nich lumpen lassen. Also prost!

Prost!, jubelt Trudi allen im Raume zu, strampelt auf Pauls Knien und blitzt mit den Augen, prost alle miteinander!

Der Wirt legt einen Walzer auf und klatscht mit den Gästen zum wirbelnden Tanz der beiden. Paul, dem Emil hin und wieder Geld zusteckt, spendiert eine Lage und schlägt Rad quer durchs Lokal.

Der Arzt am nächsten Morgen ist böse, weil Paul eigenmächtig aufgestanden ist. Natürlich hat er das sofort bemerkt, das dreiste Lächeln, mit dem Paul bestreitet, kann des Doktors Galle nur noch mehr reizen. – Nach vier Tagen haben sich die Schmerzen ganz verloren.

Viele Nachmittage wartet er nun vor der Fabrik und ärgert sich über den Dicken, neuerdings mit überlegener Kälte, da er ihn von dem peinvollen Geschäft des Minutenzählens befreit. Sobald Trudi kommt, fügt er seinen Arm hinterrücks in den ihren. So entfernen sie sich möglichst eilig. Oft ist sie müde, oft bedrückt von der verdumpfenden Arbeit. Dann geleitet er sie unter mancherlei schnurrigen Geschichten bis vor ihr Haus. An guten Tagen besuchen sie den Himmel, wie Trudi das nennt. Der Unterhimmel ist das Kino. Von den Filmen sehen sie wenig, weil es so schön dunkel ist. Der Mittelhimmel ist das Tanzlokal. Das Paradies wird von einem schmalen, kahlen „Zimmer für Stunden“ dargestellt.

Lenchen ist es derweil recht kläglich ergangen. Der Doktor Anwand, auf den sie bei dem Entschluss zur

Flucht und in ihrer Hoffnung auf eine großartige Zukunft so ganz vertraut hatte, ließ sie an jenem verabredeten Abend durch Jonny empfangen, der nur einmal, gleich einer automatischen Puppe, sein silbriges Haupt schüttelte: Der gnädige Herr bedauern, der gnädige Herr mussten heute Morgen verreisen.

Lenchen, die nicht ahnen konnte, durch welche Unbedachtheit sie sich die Gunst des vornehmen Freundes verscherzt hatte, meinte: Aber dann kann ich doch so lange hier warten, bis der Herr Schriftsteller zurückkommt?

Wieder drehte Jonny nur einmal den Kopf hin und her: Bedaure, davon haben der gnädige Herr nichts hinterlassen.

Ach Männeken, wozu soll er's denn auch extra hinterlassen haben!, wollte Lenchen den Diener, da ihr nun doch angst und weh wurde, kurzerhand zurechtweisen. Ich bin seine Freundin, sein süßes Kätzchen, damit Sie's nur wissen! Sie dürfen mir's schon glauben, der Herr Schriftsteller freut sich riesig, wenn er mich hier so mit einem Male vorfindet!

Der Diener schien das heftig zu bezweifeln, denn er hielt kurz dagegen: Es hat noch keine der Damen hier gewohnt!, und schloss die Flurtür.

Da stand sie nun, obdachlos und mit noch kaum einer Mark in der Tasche. Erst setzte sie sich auf die Treppe und heulte Zorn und Gram und Angst aus dem ungestüm flatternden Herzen. Dann schlich sie ratlos durch den nebelnassen Winterabend. Blind schwommen die vielen Lichter der Laternen im kalten Dunst. Autos glitten in langer Reihe vorüber, darin fuhren Herrschaften in Pelzen und Zylindern zum Ball oder ins Theater. Die wenigen Passanten auf der Straße vergruben sich in den aufgeschlagenen Pelzen und Mantelkragen.

Erschauernd stapfte Lenchen Schwarzer in ihrem kurzen Tuchjackett und der grauen Strickmütze über das glitschige Pflaster. Was nun? Ihr unbewusst wollten die Füße, die immer schwerer wurden, sie dahin tragen, wo sie ihr Bett, ihre Nahrung und Liebe hatte, nach Hause, zur Mutter! Schon befand sie sich in dem Straßenzug, von dem die ihr von Kind auf vertraute düstere Nebenstraße abzweigt. Da bemerkte sie einige Schritte vor sich Oskar Gellert, gravitätisch, wie der immer einherstolzierte! Erschrocken kehrte Lenchen um und lief wie verfolgt kreuz und quer in einen fremden Stadtteil. Nein, nicht mehr dahin, nie mehr nach Hause! Ich habe Familie Schwarzer nun einmal den Rücken gekehrt, lieber verrecken, als jetzt zu Kreuze kriechen und zurück in diese elende Bude! – Der Stolz und auch der Trotz kehrten ihr immer beherrschender wieder.

Ich werde es euch schon zeigen, ich brauche euch allesamt nicht mehr! Jung, wie ich bin! Und meine Reize habe ich auch! Da wolln wir doch mal sehen!

Unter solcherlei gewaltsamen Selbstermutigungen war sie zuletzt wieder in jene Bar gelangt, in der sie vorgestern den Schriftsteller kennengelernt hatte. Warum soll ich heute nicht wieder Glück haben?, dachte sie bei sich, und vielleicht nur einen anständigeren Freund finden?

Der Kellner erkannte sie wieder und wollte gleich Sekt bringen. Mühsam musste Lenchen ihm das ausreden und ihn zu einem kleinen Glase Likör bescheiden.

In der Bar war es heute leer, wie das am Dienstag so ist. Nur einige Mädchen waren da, die auf das Gleiche warteten wie Lenchen, und außerdem zwei Kommis, die sich zusammen nicht einmal eine Flasche Wein leisten konnten. Später kam noch ein Herr im Zylinder, der schon reichlich angetrunken war und nichts Besseres zu tun wusste, als weiterzutrinken und zwischendurch einzunicken.

Um drei Uhr wurde das Lokal geschlossen. So musste man wieder hinaus in die Winternacht, in der es jetzt eisig grieselte. Ganz elend fühlte sich Lenchen vor Hunger und bleierner Müdigkeit.

Im Wartesaal vom Schlesischen Bahnhof konnte man endlich warm sitzen, für den letzten Groschen ein Brötchen essen und bis zum Morgen auf dem Holzstuhl schlafen.

Wie sie aufwachte, sah ihr ein Reisender mit karierter Mütze und Breeches mitten ins Gesicht. Er lächelte, das unförmige und stopplige Kinn ganz nach vorn schiebend, sprach sie über den Tisch hin als kleine Motte an und forderte sie auf, mit ihm zu gehen. Er hätte seinen Zug verpasst und hier nur schnell einen Kaffee trinken wollen. Da hätte er sie schlafen gesehen und sich gesagt, dass es lohnend sei, ihr Erwachen abzuwarten. Lenchen fand den Kerl scheußlich, ja furchterregend. Ein richtiger Schimpanse ist ja das! Aber bleibt einem noch die Wahl, wenn der Hunger die Gedärme würgt und man keinen Pfennig mehr im Täschchen hat?

So ließ sie sich denn von dem Reisenden schlenkernd am Arm führen, als wäre sie sein zweiter Musterkoffer. In einem geeigneten Hotel entschädigte er sich für die Wartezeit, wie das seiner Mütze und den Breeches entsprach, und war großmütig genug, dem Mädchen noch fünf Mark obendrein zu schenken.

Lenchen hatte sich abgewandt und die Augen fest zugedrückt, während der Fremde sich an ihr vergnügte. Wie ein totes Tier hatte sie dagelegen und alles mit verbissenen Lippen erduldet.

Doch bald musste sie bemerken, dass nicht alle Männer so anspruchslos waren wie der Reisende und dass man Prügel bekam, oder, was noch schlimmer war, kein Geld, wenn man sich teilnahmslos nur eben darbot und den Kunden nicht manches zu Gefallen tat, was zuerst so ekelerregend war, dass man nachher brechen musste, was die Kavaliere jedoch nun einmal herrisch verlangten. Gewiss, mitunter hatte sie auch anständige und freundliche Herren, das waren dann zumeist noch junge Burschen, Studenten oder so. Doch die blieben sehr in der Minderzahl. Ein schmales, verhungertes Mädchen im kurzen Jackett und mit Strickmütze sprachen die so leicht nicht an.

So wechseln nun die Männer wie die Tage. Selten sind es gute, häufiger schlechte. Einmal kommt jemand, dann hat man für vierundzwanzig Stunden zu essen und sein billiges Hotelzimmer, lange Zeit kommt wieder niemand und es gilt zu hungern und auf dem Bahnhof zu nächtigen.

Im Anfang weinte Lenchen noch viel, bereute bitterlich und kämpfte mit der Versuchung, doch noch heimzukehren zu den Ihren. Ja, wenn sie früher gewusst hätte, was das so für ein Leben ist als käufliches Mädchen und wie gemein die Männer sind, sie hätte tausendmal lieber in der einen Stube ausgehalten, die ihr jetzt in der Erinnerung als das wahre Paradies erscheint, und tausendmal lieber hätte sie noch Strümpfe gestopft und den Rosenkranz abgebetet. Doch heute ist es zu alledem zu spät!

Zu groß wäre nun die Beschämung, unerträglich Ernas Hohn und noch mehr die schweigende Rücksicht von Mutter und Paul!

Und jetzt ist einem dieses Leben schon zur halben Gewohnheit geworden. Wenn es auch voller Elend und Widerlichkeiten ist, man ist wenigstens frei, kann tun und lassen, was man will! Zum Beispiel lange schlafen, sich kaum weniger lange zurechtputzen und mitunter auch mit einem spendablen Kavalier sich im Kino oder in einer Bar vergnügen.

Oh ja, man gewöhnt sich an alles! Wenn die Männer gemein sind, ist man es eben auch! Hauptsache ist das Geld! Erst zahlen, Freundchen! Fünf Mark? Peh, nicht zu machen! Leg zehne zu, und wir werden einig miteinander! So, und nun kann er einmal schnell mit raufkommen und besondere Genüsse noch besonders berappen!

Nur Geduld, in einem Monat habe ich so viel zurückgelegt, dass ich mir ein nettes eigenes Zimmer mieten kann. Und bald reicht es für ein Pelzjackett und so weiter. – Diese Hoffnung ist es zuletzt, was die Versuchung zur Heimkehr immer wieder überwältigt: Einmal kommt ja doch ein reicher Freund, mit Auto und Villa im Grunewald! Dann habe ich ausgesorgt, dann bin ich das, worauf ich hinauswill: die große Kokotte! Nach der die Männer nur so schmachten, um die sie sich schießen und in Betrügereien einlassen!

Ein junger Geiger, ein hübscher schwarzer Bursche, der Lenchen sehr an Paul erinnerte, sagte vorgestern zu ihr: Weißt du, warum wir Künstler Mädels deiner Art so gern mögen? Weil ihr ein Leben führt ganz wie wir, im ständigen Kampf mit der Not, aber auch in herrlicher Ungebundenheit und von Abenteuer zu Abenteuer. Wir durchleben das geistig und ihr körperlich. Aber beide spielen wir va banque, bis eines Tages der Ruhm kommt oder der Zusammenbruch! Ja, der hatte ihr recht aus dem Herzen gesprochen. So empfand sie auch, ohne es sagen zu können.

Mit zähem Zielbewusstsein verfolgt Lenchen Schwarzer, jetzt als „Dolly" bekannt, ihren Weg. Auf Anraten einer Kollegin, die es gut mit ihr meinte, hat sie einen Eingriff vornehmen lassen. So, nu ist der Laden fertig, überlegt sie zufrieden, nu betreibe ich mein Gewerbe wie jeder andre auch. Welches Mädel in meinem Alter steht schon so fest auf beide Beine!

Wortkarg sitzen die Schwarzers und Reuscher um den Küchentisch, hinter leeren Schultheißflaschen und Eierbechern, aus denen sie Steinhäger getrunken haben. Auf dem Teller liegen noch einige belegte Brote. Nach Hochzeitsfeierlichkeit sieht das wenig aus. Nur Emil zeigt eine frohe Miene. Die Teilnahmslosigkeit der andern empfindet er nicht. Die Mutter ist ja ohnehin so sehr still geworden, und Paul ist missgelaunt, weil er Trudi heute nicht abholen kann. Nur Erna dürfte etwas munterer sein, meint Emil und legt den Arm um ihre Schulter. Seine Frau blickt gradaus und begehrt auf, wenn Ilse, die Kleine, in der Stube zu weinen beginnt. Die Witwe geht dann hinüber und beruhigt das Kind, indem sie mit ihrer hohen Stimme tütütü macht und das klappernde Zelluloidbällchen schüttelt. Emil blickt in den Abendhimmel, der glasklar und fern ist. Das milchige Blau und ein weiches Wehen, das durch das geöffnete Oberfenster flutet, lassen den Frühling ahnen.

Ich freu mich jetzt schon darauf, sagt Emil zu Erna, wenn es wärmer wird und wir mit Ilslein ins Grüne fahren können. Erna erwidert nichts, zieht eine Schippe.

Also du mietest dann zum ersten in der Prenzlauer Straße, Emil!, sagt die Witwe, die vom Kinde zurückkommt.

Reuscher muss bald erkennen, dass seine Hoffnung auf ein neues Lebensglück mit Erna trügerisch war. Gewiss, auch vor der Heirat bezeigte sie sich kurz und bestimmt, doch dann auch wieder voll Zuversicht auf ihre gemeinsame Zukunft. Heute ist sie aber nur noch schroff und beginnt zu zanken, sobald Emil in ihre Nähe kommt.

Paul macht sich Vorwürfe, den Freund damals nicht gewarnt zu haben. Schweigend muss er nun anhören, wenn Erna ihn in der Stube gehässig beschimpft, ja sogar seine ehelichen Ansprüche mit lauter und höhnender Rede zurückweist. – Denkst du vielleicht, dass ich noch so 'n Balg hier krächzen hören will? Die Ilse macht schon Schererei und Gestank genug!

Wenn der Mann endlich die Geduld verliert, schlägt sie ihn mit dem Hut oder was sonst ihr grade zur Hand ist ins Gesicht. Emil wird immer in sich gekehrter und verliert schnell wieder die gesunde Farbe, die kaum in seine Wangen gedrungen war.

Paul befindet sich, wie in früheren Zeiten, den ganzen Tag auf der Stellungsuche. Doch jetzt mit unverdrossener Zuversicht. Heute ist er mehr denn je auf Verdienst angewiesen, die Liebe kostet Geld! Und von Emil nimmt er nichts mehr an, der braucht das seine für seine Sorgen.

Noch eine andere Hoffnung treibt den Burschen unermüdlich durch die Straßen: Lenchen zu begegnen! Das

Wunder und die Weite des neuen Lebenskreises, den die Gemeinschaft mit Trudi erschlossen hat, kann die Bitternis des alten nicht vergessen machen. Ich muss Lenchen der Mutter zurückbringen, anders wird sie nie mehr froh!

Indessen, beides bleibt zunächst vergeblich: die Suche nach der Schwester wie die nach einem neuen Verdienst.

Dann kommt die Zeit, zu der die Warenhäuser ihre Frühjahrsausstellungen veranstalten. Paul, der sich rechtzeitig vormerken ließ, muss froh sein, für die alte Firma zwei Wochen hindurch Reklame gehen zu dürfen. Er kann sich nun mit Trudi erst am Abend treffen, vermag dafür jedoch der Widerstrebenden hin und wieder etwas abzugeben. Sie braucht es für ihre hungernden Geschwister, anders hätte sie ja niemals in schon stumpfer Hoffnungslosigkeit mit Bolle vorliebgenommen.

Noch ein anderes macht Paul das Reklamegehen willkommen: Es führt ihn in die verschiedensten Stadtteile. Wenn ich Lenchen jetzt nicht treffe, dann ist sie überhaupt nicht mehr hier! Unermüdlich hält er die Bürgersteige in Beobachtung und blickt auch angestrengt in alle Nebenstraßen.

Einmal streut ein Vorfrühlingsabend noch spät seine violette Dämmerung, in der fahl das Rot und Gelb der Laternen blüht wie von toten Blumen. An einer Ecke, umbraust vom Rollen der Taxen, Poltern der Autobusse und Rasseln der Elektrischen, steht ein Mädchen im roten Jackett und kurzen weißen Rock, ein billiges Stück Pelz um den Hals und lässig ein lackiertes Täschchen schlenkernd. Mitunter tritt sie an einen der Männer heran, die vorüberkommen, dreht sich ein wenig und flüstert ihm etwas zu, mit schmeichlerisch glänzenden Augen.

Aus der puppenhaft Fuß vor Fuß setzenden Reihe der Plakatträger stürzt einer auf dieses Mädchen zu und reißt ihre Hände an sich. Lenchen! Die tritt erst betroffen zurück, dann wird ihre Miene starr in Kälte und Spott. Sie blickt auf das Plakat vor des Bruders Brust, als stünde da ein großer Unfug drauf geschrieben. Wat willste denn, Süßer! Musste nich weiter da im Jänsemarsch spazieren?

Paul presst nur fester ihre Hände, die sich ihm entziehen wollen. Lenchen, willst du nicht wieder zu uns kommen? Denk doch an unsre Mutter!

Schwarzer, wat soll'n det heißen?, ruft der Führer der Plakatträger unwirsch hinüber. Sofort scheren Sie sich auf Ihren Platz!

Blöde grinsend sehen die Kollegen auf die beiden, auch der Passanten, die neugierig stehen bleiben, werden immer mehr. Paul beachtet das alles nicht. Bittend sucht er die Augen der Schwester, unter denen schmutzige Schatten sind. Auch um ihren Mund ist ein hässlicher Zug, der früher nicht da war.

Ick werd Sie dem Chef melden!, schreit der Führer.

Lenchen!, drängt Paul.

Zäh hat die ihre Hände den seinen entrissen: Also nu mach doch hier nich so 'n Klamauk, Süßer! Die Leute kieken ja schon alle! – Und bereits im Gehen: Wenn de Lust hast, kannste ja später wiederkommen, in den Invalidenkeller! Für zehn Mark kannste … Sie ist im Gedränge verschwunden.

Ganz betäubt tritt Paul in die Reihe zurück, geht in ihr weiter dahin, den Nacken gebeugt. Der Führer der Truppe ist kameradschaftlich und unterlässt eine Meldung. Paul verschweigt diese Begegnung, auch vor Emil. Niemand soll wissen, was aus der Schwester geworden ist. Genug, wenn das Mädchen im roten Jackett noch lange Zeit in seine Erinnerung, und oft in den glücklichsten Stunden, als eine Züchtigung wiederkehrt!

Wenige Tage später, nach dem Abendbrot, meint Erna zu Reuscher: Es ist wohl das Beste, wenn wir uns wieder trennen, was? So geht es ja schlecht weiter. Wir zwei passen eben so gar nicht zueinander.

Emil wird noch farbloser, als er ohnehin schon ist, und bleibt stumm. Auch die Witwe und Paul blicken Erna nur erschrocken an.

Brauchst keine Angst haben, dass du nun wieder auf der Straße liegen musst!, fährt Erna in dem gleichen abschätzigen Tonfall fort. Du kannst ja hier gut wohnen bleiben. Mit Muttern und mit Paul verstehst du dich ja sehr schön. Ich miete mir dann woanders ein Zimmer. In diesem Loch hier kann ich ja schon lange nicht leben und sterben!

Und Ilse?, fragt Reuscher.

Nehme ich mit. Nein, ihr sollt aber auch gar keine Last mehr mit mir haben! Also, bist du einverstanden?

Emil nickt nur. Sein Gesicht zieht sich zusammen, wird klein und welk.

Die Mutter schweigt nach wie vor. Einst gab sie die Kinder mit ihrem Leibe hin. Nun muss sie wohl eins nach dem andern auch mit dem Herzen von sich lassen. Das schmerzt noch sehr viel tiefer. Das ist so, als ränne alles Blut aus dem Körper, alle Wärme und Empfindung. Ganz ausgehöhlt fühlt sich die Mutter und denkt nur noch blind, so als ob ihr das inwendige Gesicht erstorben sei: Nun verliere ich auch die!

Am nächsten Morgen ist Emil verschwunden, ohne

jedes Wort, ohne auch für den Freund nur eine Zeile hinterlassen zu haben. Paul versteht ihn ohnedies: Emil kann nur leben und streben in bürgerlicher Behaglichkeit, aus sich selbst hat er keine Kraft und keinen Mut. Vielleicht fängt er nun zum dritten Mal an, vielleicht hat er den Kampf aufgegeben?

Erna lacht nur frostig zu dieser Flucht. Am nächsten Monatsersten zieht sie mit Ilse aus, zu einem Kolonialwarenhändler, der sie schon längere Zeit kennt und heiraten will. Ihre Besuche bei der Mutter werden immer seltener, es sei denn, dass etwas zu flicken oder zu waschen ist.

Im späten März kann Paul noch einmal für die Frühjahrsausstellung Reklame gehen, dann ist er wieder ohne Verdienst und muss sich auf den täglichen Marterweg der vergeblichen Stellungsuche begeben. Trudis frohgemuter Zuspruch kann dem Gefühl der Demütigung, das in ihm frisst, nur erst die volle Bitterkeit verleihen. Nun ist er, der ihr Schicksal bessern wollte, gezwungen, von ihr Geld anzunehmen.

Mitunter, an schönen Sonntagen im April und Mai, fahren sie hinaus in den Tegeler Forst. Anfangs sträubte Paul sich heftig, von der Mutter die achtzig Pfennige für die Straßenbahn einzustecken. Nicht, Mutter, lass nur, bezahl lieber die Milchrechnung davon. Ich darf mir kein Vergnügen mehr leisten.

Dann kam Trudi, im weißen Kleid mit bloßen Armen und am Strohhut eine dunkle Rose, so ganz hell vor Freude auf die Fahrt in den Wald und an die Seen.

Paul beharrte bei seiner Absage, vergrub sich immer tiefer in seiner Verzweiflung, je mehr die beiden Frauen erst mit Lächeln und dann mit Bitten auf ihn eindrangen.

Zuletzt schrie er sie an: So fahrt ihr zwei doch hinaus! Ihr verdient ja, ihr dürft euch auch eine Sonntagsfreude leisten!

Trudi begann zu schluchzen, nahm mit der blassen Hand den Strohhut und ging, die Schultern von Schmerz verkrümmt, zur Tür.

Sieh doch nur, Paulchen!, weckte die Mutter den Jungen aus seiner Verbissenheit.

Paul, wie er das Leid der Liebsten sah, das er ihr zugefügt hatte, fühlte sich plötzlich frei, als wäre der Trotz in ihm ein Klumpen Eis gewesen, den eine Sonne jäh zerschmolz. Innig umschlang er das Mädchen von hinten und küsste den zarten Flaum ihres Nackens.

Immer suchen sie die einsamen Waldwege. Krokusse stehen mit noch keusch verschlossenen Blüten über dem feuchtschwarzen Nadelboden und Anemonen und im wuchernden Dickicht des Grases schüchterne Scharen von Veilchen. Der Himmel hat blauseidene Fahnen zwischen das übersonnte Rostbraun der Kiefern gehängt, Drosseln locken und girren.

Die Liebenden halten wieder und wieder inne und küssen einander. Sie sprechen von der gemeinsamen Zukunft. Beide wissen, dass sie irgendeinem Wunder, einer Gnade anheimgegeben ist, von der man nicht zu sagen vermag, wer sie üben und wie sie geartet sein könnte. Ihre Gedanken und Empfindungen haben sich bereits so ganz verschwistert, dass sie in der Furcht um das Ausbleiben dieser Gnade mutlos werden, ohne ihre Angst einander gestanden zu haben.

Später nehmen sie ein Boot und gleiten über den See, dessen Wasser sich schon dunkler färbt und mit flammenden Streifen des späten Nachmittags. Ein kühler Wind macht frösteln. Matter führt Paul die Ruder, sein Kinn sinkt gegen die Brust. Der Purpur der letzten Sonne malt sich wie Schminke auf seinen hohlen Zügen. Jetzt hält er die Ruder starr in der Luft, das Wasser tropft von den Schaufeln, gluckst unter dem vergleitenden Boot.

Unstet suchen Trudis Augen die seinen. Paul?

Es ist ja alles umsonst!, sagt der dumpf.

Aber Lieber, denk doch nur, wie schön es heute war und wie schön es noch um uns ist, das muss uns doch wieder Kraft geben und Zuversicht, nicht?

Ein schweres Verneinen mit dem Kopf. – Wer nicht arbeiten kann und nicht selbst seinen Mann stehen, der kann auch keine Freude mehr haben. Der hat keinen Platz mehr im Leben.

Des Mädchens Augen werden weit in beschwörender Bitte. So wirken sie streng, ja drohend. Ihre Hände suchen den Freund wie die eines Kindes, das hilflos vor dem Schmerz eines Erwachsenen steht.

Plötzlich ist Paul neben ihr auf dem Steuersitz, umschlingt sie wie eine Beute, um deren Flucht man bangt, und fragt mit einer fremden, erstickten Stimme: Trudi, liebst du mich so sehr, dass du ohne mich nicht mehr atmen könntest?

Verwundert nickt das Mädchen.

Könntest du auch mit mir sterben, wenn ich nicht mehr atmen kann, du?

Trudi zuckt auf in seiner krampfhaften Umarmung, ihr Gesicht wird starr, mit gelösten Lippen, die nicht zu antworten vermögen. Dann neigt sie den Kopf, lässt ihn auf Pauls Schulter sinken und liebkost seine kalte Hand auf ihrem nackten Arm.

Komm!, ruft der Junge, und das klingt wie ein Jauchzen. Mit mir ist es so weit! Für mich ist keine Luft mehr zum Atmen und zum Glücklichsein in dieser Welt und kein Raum für uns beide! Komm, wir lassen uns so in der Umarmung leicht hintenübersinken … und dann ist alles ausgestanden!

Das Boot schleift gegen Schilfstauden am Ufer, Dämmerung graut über dem See, dessen Spiegel jetzt schwarz ist. Schlaftrunken segeln Vögel in das breite Geäst der Kiefern.

Paul blickt nur immer in das schmale Antlitz der Geliebten, das auf seinen Händen ruht. Die Augen lächeln unter den geschlossenen Lidern, die Lippen wölben sich und hoch die Brauen im Schmerz der Hingabe. Immer tiefer zwingt sie seinen Nacken, presst sein Ohr auf ihren heiß atmenden Mund.

Komm, Liebster, komm ganz in mich hinein, in mir sollst du alles Glück und unsre Liebe allen Raum haben! Ja?

Trudi! Seine Tränen überschwemmen ihr festliches Gesicht, er küsst sie ihr von den Wangen.

In der ersten Ermüdung hebt Paul des Mädchens Schultern über den Rand des Bootes, lehnt sie sanft zurück und immer tiefer und rückt sich selbst nach. Die Spitzen ihres blonden Haars streifen schon das Wasser. Trudi schlägt die Augen auf. Kein Erschrecken, kein Flehen ist in ihnen, nur frommes Vertrauen zu dem Geliebten. Leicht wehrt sie ihm mit den Händen, drängt ihn zurück, zieht sich am Rande des Bootes hoch und presst sich, aufgerichtet, an seine Brust. – Paul, lass mich dein Leben sein, nur noch mich! Und nun komm, die Mutter ängstigt sich sonst!

Der Junge nickt nur, begibt sich dann auf seine Bank und rudert mit gesenkter Stirn zu der Gastwirtschaft am jenseitigen Ufer zurück. Er fühlt sich gering und schlecht vor diesem Mädchen und ihrer nicht mehr wert. Er blickt auf sie, die da weiß und hoch im Abendnebel auf dem Steuerbrett sitzt, wie auf ein höheres Wesen. Sie hat mich besiegt!, durchfährt es ihn immer wieder.

Die folgenden Wochen sind ein wechselnder Kampf zwischen Trudis Liebe und seiner Verzweiflung. Bis auch Trudi arbeitslos wird. Man entlässt sie aus der Fabrik, weil sie zum dritten Mal am laufenden Band ausgesetzt hat. Andernorts findet sie kein Verdienst und muss, statt denen zu Hause zu helfen, nun noch die Zahl der Brotlosen vermehren.

Paul bittet die Mutter, Trudi bei sich aufzunehmen. Die Witwe schweigt lange, mit breit gespannten, hart aufeinandergepressten Lippen. In qualvoller Erwartung blickt der Sohn auf die Reglose, auf die grauen Strähnen, die wirr und dünn, wie zerzaust von einem Sturm, über die hohlen Schläfen hängen. Ein Grauen überkommt den Jungen vor der Mutter, die da in der leeren Küche hockt wie das versteinerte Antlitz dieser steinernen Riesenstadt. Tränen rinnen vereinzelt durch ihre tiefen Wangenfurchen. Dann … endlich eine Bewegung: Sie schüttelt den Kopf, so müde und schmerzvoll, als würgte eine Faust ihr den Nacken.

Schlaff sinkt der Sohn auf den Stuhl ihr gegenüber.

Mit einem Zeichen bittet die Mutter um seine Hand. Du weißt, Paulchen, wie lieb ihr zwei mir seid. Aber entsinnst du dich der Worte, die ich damals zu Emil und Erna sprach, wie sie hier wohnen bleiben wollten?

Paul bejaht.

Siehst du, fährt die Witwe fort, mit tonloser Stimme,

unter den gleichen Gedanken muss ich auch dich und unsre Trudi jetzt abweisen. Willst du, dass einmal eure Kinder nur wieder durchmachen müssen, was du selbst erlitten hast?

Noch tiefer beugt Paul den Nacken. Sein Körper bebt im jähen Ausbruch der Empörung. – Dann hat also unsereins keinen Platz mehr in dieser riesigen Stadt, keinen Platz, um nur das nackteste Leben zu fristen?

Die Mutter, starr an den Stuhl gelehnt und in das Leere blickend, führt verneinend den Kopf hin und her.

Der Sohn springt auf, reckt die Faust und wirft sie wie trunken.

Nicht, Paul ..., nicht fluchen!

Ja, doch!, heult der Bursche auf. Zerschlagen ..., man sollte alles zerschlagen! Eine solche Revolution muss kommen, dass nichts mehr übrig bleibt! Wie lange sollen wir denn noch so weiter verlumpen und verrecken!

Seine zornblinden Augen bohren sich in die der Mutter, die schwach über seinen Arm streicht. Mählich stimmt diese zage Liebkosung ihn ruhiger, er fällt wieder in sich zusammen und murmelt: Aber für lange sind wir ja noch ohnmächtig. Was soll nun also geschehen, Mutter ..., wo bleiben?

Vielleicht versucht ihr's mal anderswo ... auf dem Lande?, meint die Witwe scheu. Sie weiß es selbst, dass Not und Enge dort nicht geringer sind.

Paul kann nur entgegnen, was sie sich selbst nicht einzugestehen wagte. Des Sohnes ratlose Auflehnung wendet sich jetzt gegen sie: Du willst uns also wirklich von dir weisen, in die Heimatlosigkeit, ins sichere Verderben?

Die Witwe steht auf. Ihr Antlitz versteinert wieder zu jener undurchdringlichen Maske, vor der den Jungen ungewisse Angst befällt.

Paulchen …, geh und hole Trudi und ihre Sachen!

Dann tritt sie zum Spülbecken und beugt sich über das Geschirr, das sie eben gereinigt hat. Der Sohn soll das Lächeln nicht sehen, das wie Triumph um ihre Lippen steht.

Spät in der Nacht öffnet sie leise die Stubentür, im Schlafrock des Mannes und die Küchenlampe in der Hand. Behutsam leuchtet sie zu dem Lager hinüber, auf dem Paul und Trudi eng umschlungen ruhen. Pauls Kopf ist schräg über des Mädchens Hals gesunken, so als flüsterte er ihr viele Worte zu. Es müssten liebe, zärtliche Worte sein, denn des Mädchens schlummernde Züge sind ganz gelöst in heiterer Dankbarkeit.

Vom Gasherd kommt ein dünnes, singendes Zischen. Die Flamme in der Petroleumlampe beginnt zu flackern. Die Witwe schraubt den Docht tiefer und haucht sie eilig aus.

Schon von Schwindel benommen tritt sie an das nächtliche Fenster und blickt auf zu den wenigen Sternen, die der Hofschacht ihr gönnt. Ihr Antlitz gleicht im ungewissen Dämmer dem eines betenden Kindes, und wirklich beten ihre Lippen, während ihr Körper schon am Fensterschrank hinsinkt: … und vergib uns unsere Schuld, wie auch wir vergeben unsern Schuldigern … wie auch wir vergeben unsern Schuldigern … unsern Schuldigern …

Erhard Schütz
Nachwort

> „Schafft Wohnungen, und ihr werdet keine Bücher mehr über die Zerrüttung der Familien und Ehen und die frühe Verderbtheit der Großstadtjugend schreiben müssen."
> Georg Hermann, 1925

Roman und Autor sind so gut wie vergessen. Aber – wie nicht selten – durchaus zu Unrecht. Sie wären wiederzuentdecken als seismografische Sonden in ihre Zeit, die uns dann als gar nicht so ferner Spiegel der unsrigen erscheint.

2018 ist *Wolke, Orkan und Staub*, Günther Birkenfelds großer, panoramatischer Roman vom Beginn der NS-Zeit über die Kriegsjahre bis hin zum Neuanfang wieder aufgelegt worden. In seinem Nachwort hat Peter Graf festgehalten, dass Günther Birkenfeld, wenn er denn noch bekannt sei oder erwähnt werde, dann nicht seiner literarischen Leistungen wegen, sondern „weil er Akteur, Provokateur, Kommentator und Zeitzeuge von Ereignissen gewesen ist, die für die deutsche Geistesgeschichte und Geschichte bedeutsam gewesen sind". Gemeint ist damit vor allem Birkenfeld als Kritiker der sowjetischen und SED-Politik sowie als Organisator und Funktionär im Feld der Literatur- und Kulturpolitik. Er hatte sich nämlich gegen die zunehmende Beschneidung demokratischer Freiheiten durch die Politik der Kommunisten in der SBZ und DDR ebenso engagiert wie gegen deren Versuche, die kulturellen Organisationen auf Linie zu bringen. Zunächst hatte er in amerikanischer Lizenz in Berlin *Horizont* herausgegeben, eine Zeitschrift für die Jugend, die von 1945 bis 1948 erschien. Zugleich war er im Beirat des unter sowjetischer Regie gegründeten Schutzverbands deutscher Autoren. 1948 gehörte er zu den zwanzig Schriftstellern, die das deutsche P.E.N-Zentrum gründeten, das zunächst zonenübergreifend wirkte. Aber schon 1947 hatte er sich auf dem Ersten Deutschen Schriftstellerkongress auf die Seite Melvin Laskys gestellt, der die sowjetische Politik der Zensur und Verfolgung scharf angegriffen hatte. Mit der Berlin-Blockade 1948 ging er vollends auf Distanz zur SED-Politik und den kommunistischen Schriftstellern wie Johannes R. Becher. Im selben Jahr war er Mitbegründer des Freien Kulturbundes, der sich vom SED-kontrollierten Kulturbund zur demokratischen Erneuerung Deutschlands abspaltete. 1949 gründete er die Kampfgruppe gegen Unmenschlichkeit und gehörte 1951 zu den Autoren, die einen P.E.N. der Bundesrepublik gründeten. Folgend arbeitete er als politischer Kommentator für den RIAS, als Lektor, gab Anthologien heraus und machte sich vor allem einen Namen als Übersetzer, als der er bei seinem Tod am 22. August 1966 neben seinem kulturpolitischen Engagement vor allem gewürdigt wurde. Sein großer Roman *Wolke, Orkan und Staub* war da schon wieder weitgehend in Vergessenheit geraten. Zwar waren zwei seiner Bücher, die er während der NS-Zeit veröffentlichen konnte, wiederaufgelegt worden, 1962 sein Roman *Augustus* über den gleichnamigen römischen Kaiser, der 1934 erschienen war und dessen Übersetzung unter anderem in der *New*

York Times gelobt wurde, und 1955 sein 1936 erschienener Gutenberg-Roman *Die Schwarze Kunst*. Völlig vergessen blieben jedoch seine anderen Romane, mit denen er seinen eigentlichen Ruf als Autor begründet hatte. Und merkwürdig im Dunkel ist bis heute seine Herkunft und sein Privatleben geblieben.

Geboren wurde Günther Birkenfeld am 9. März 1901 in Cottbus, aufgewachsen ist er in Berlin. Über seine Familie weiß man nichts. Nicht einmal über seine spätere Ehefrau Erna, genannt Bobba. Im Kommentar zu einem 1947 in der von Richard Drews und Alfred Kantorowicz herausgegebenen Publikation *Verboten und verbrannt. Deutsche Literatur – 12 Jahre unterdrückt* abgedruckten Gedicht Birkenfelds heißt es, dass es 1932 geschrieben wurde, „zur Zeit meiner Stempelbruderschaft, aber damals schon sehr glücklich mit der Bobba“. Die Historikerin Marianne Awerbach, die mit ihr nach 1945 befreundet war, hat sie als „hoch intelligent, gebildet“ bezeichnet. Weiter bekannt ist nur, dass sie in den Sechzigerjahren als Sachbearbeiterin für jüdische Entschädigungsansprüche arbeitete. Auch Birkenfelds familiärer Hintergrund lässt sich nur indizienhaft erschließen. So erwähnt Max Tau, der als Lektor im Verlag Bruno Cassirer *Dritter Hof links* entdeckt hatte, in seinen 1961 erschienenen Erinnerungen *Das Land, das ich verlassen mußte* Birkenfeld als „Geheimratssohn, der aus Protest gegen sein Elternhaus gar nicht radikal genug sein konnte“. An *Wolke, Orkan und Staub* hat man starke autobiografische Bezüge nachgewiesen. Wenn man davon ausgeht, wofür einiges spricht, dass seine nicht-historischen Romane ebenfalls Autobiografisches zumindest zum Anlass haben, dann deutet tatsächlich einiges in Richtung „Geheimratssohn“, denn im 1937 erschienene Roman *Die Versöhnung* steht die Auseinandersetzung eines jungen Mannes, selbst gerade Vater geworden, mit seinem Vater, einem Landgerichtsrat, im Zentrum. Und in *Dritter Hof links* gehört zur Gegenwelt der proletarischen die Familie des Rechnungsrats Hasselbach im wohlhabenden Tiergarten-Viertel, für die Mutter Schwarzer als „Aufwartefrau“ arbeitet. Stellt man nun in Rechnung, dass es in Birkenfelds Romanen – insbesondere in seinem zweiten, *Liebesferne* (1930) – neben der Künstlerproblematik immer um Liebesleidenschaften ging, dann mag vielleicht die Entfremdung vom Elternhaus zumindest nicht primär in der sozialen Protesthaltung gelegen haben. Für eine gutbürgerliche Herkunft spricht auch, dass Birkenfeld 1923 an der Berliner Universität mit der Arbeit *Die Gestalt des treuen Eckart in der deutschen Sage und Literatur* promoviert wurde. Parallel dazu trat er als Lyriker an die Öffentlichkeit. In den Folgejahren wurden einige seiner Gedichte veröffentlicht, so in der Zeitschrift *Die Horen*. Seine erste Stellung bekam er als Lektor im Paul Neff Verlag, der vor allem Kunsthistorisches verlegte. 1927 wechselte er als Generalsekretär zum Schutzverband Deutscher Schriftsteller (SDS). Im selben Jahr erschien seine Novelle *Andreas* im Lübecker Verlag Quitzow. In der ringt ein Student und Jungpoet um Klarheit über seine Bestimmung und sehnt sich nach dem schlichten, dem wahreren Leben jenseits der Großstadt. Das scheint recht weit entfernt von dem, was zwei Jahre darauf Bedeutung und Erfolg von *Dritter Hof links* ausmachte, nämlich der mutige Blick auf die und drastische Darstellung der sozialen Verhältnisse – nicht nur, aber vor allem – Berlins zwischen Arbeitslosigkeit und Wohnungsnot. Man kann mit Fug sagen, dass Birkenfeld mit diesem Roman, wenn nicht eine literarische Welle angestoßen, so doch jedenfalls an ihrem Anfang gestanden hat. Wie so oft spielten auch hier zeitbedingte Umstände und personelle Zufälle eine Rolle.

Die Jahre nach dem Ersten Weltkrieg waren nicht zuletzt durch einen besonderen Fokus auf „Jugend" geprägt. Einerseits pauschal auf Verjüngung und Erneuerung, andererseits auf die junge Generation, die man von den politischen Extremen her umwarb und zu organisieren versuchte, um deren Befinden und Zukunft man sich zugleich sorgte. Und dies rapide zunehmend mit der Wirtschaftskrise und der steigenden Jugendarbeitslosigkeit. Besondere Aufmerksamkeit und Sorge galt der Sexualität, sei es die bürgerlich strikte Sexualmoral im Konflikt mit einer lasziveren Jugendkultur, sei es die reale oder angenommene Gefährdung der proletarischen Jugend durch die einschlägigen Erfahrungen in unzulänglichen Wohnverhältnissen. Das betraf nicht nur frühe Promiskuität, Prostitution oder uneheliche Schwangerschaften, sondern aus Sicht des organisierten Sozialismus auch die Bedrohung von Solidarität und Kollektivität durch zu privatistische Liebesbeziehungen. Wie auch andere Bereiche von Kultur und Unterhaltung versuchten die Verlage, dem Rechnung zu tragen. Zumal die allenthalben diagnostizierte „Bücherkrise" nicht nur für den Verleger Samuel Fischer auf das Tanz-, Sport- und Filmvergnügen der Jugend zurückging. So bemühten sich die Verlage nicht nur fast durchweg um junge Autoren und Autorinnen – Bertolt Brecht wie Arnolt Bronnen, Marieluise Fleißer wie Irmgard Keun galten als solche – und „junge" Themen, sondern legten zum

Teil gleich „junge“ Reihen auf. So startete etwa Reclam 1927 eine Prosareihe *Junge Deutsche*, die bis 1932 bestand. Auffällig ist, dass bei den von den Verlagen entdeckten und geförderten jungen tatsächlich männliche Autoren stark dominierten, die aus den Generationen nach 1900 stammten, die in der Regel nicht mehr zum Kriegsdienst eingezogen worden waren. Was sie schrieben, war allermeist stark autobiografisch geprägt. Anders als in den Kindheits- und Adoleszenz-Texten, die um die Jahrhundertwende erfolgreich waren, etwa von Robert Musil oder Hermann Hesse, spielte hier durchweg die Schule eine Nebenrolle. Stattdessen standen Konflikte mit autoritären Vätern, auch Vaterlosigkeit und die jugendliche Peergroup im Zentrum. Modellbildend war der 1928 erschienene Bestseller des 1902 geborenen Ernst Glaeser, dessen Titel *Jahrgang 1902* gleich programmatisch für die Generation daherkam. Das setzte eine Welle zeitgenössischer Jungmännerliteratur von Adoleszenzkrisen und Familienkonflikten über sexuelle Initiation und Liebesleid bis zur Sinnsuche in Gang. Neu war, dass neben die bürgerlichen Herkünfte zunehmend auch Jugendschicksale im proletarischen Milieu traten. Und hier war vor allem der Verlag Bruno Cassirer initiativ, in dem als erstes von mehreren einschlägigen Werken Birkenfelds *Dritter Hof links* erschien. Der Verlag des jüdischen Kunstmäzens und Rennstallbesitzers Bruno Cassirer hatte bis dahin zwar auch immer wieder Literatur verlegt, so unter seinem ersten Lektor Christian Morgenstern dessen Werke oder Robert Walser und Frank Wedekind, seinen hervorragenden Ruf aber hatte er vor allem als Verlag von Kunsthistorischem und Philosophischem. Mit dem Cheflektorat von Max Tau rückte die Literatur zunehmend ins Zentrum des Programms und blieb es bis zum von den Nationalsozialisten erzwungenen Ende 1936. Tau, Jahrgang 1897, aus einer jüdischen Kaufmannsfamilie in Oberschlesien stammend, ein literarisch gebildeter philosophischer Kopf, machte neben Übersetzungen von Karel Čapek, Olav Duun oder Sigrid Undset den Verlag vor allem mit Autoren der jüngeren Generation bekannt. Viel Aufmerksamkeit erzielte die Anthologie *Vorstoß. Prosa der Ungedruckten*, die Tau zusammen mit Wolfgang von Einsiedel 1930 herausgab, eine Auswahl aus den Einsendungen von 600 bis dato unbekannten Autorinnen und Autoren, darunter Walter Bauer, Marie Luise Kaschnitz oder Josef Wiessalla. Ebenso förderte er Wolfgang Koeppen, Horst Lange oder August Scholtis.

Am Anfang standen 1929 Günther Birkenfelds *Dritter Hof links* und Georg Finks *Mich hungert*. Beide handelten von Jugendlichen im proletarischen Milieu Berlins und beide waren nicht autobiografisch geprägt. Der Roman Georg Finks wurde besonders erfolgreich. Der Autor hieß eigentlich Kurt Münzer. Er war vom Jahrgang 1879, stammte also gar nicht aus der jungen Generation, und hatte unter seinem richtigen Namen an die zwanzig populäre Romane veröffentlicht, die meist um jüdische Identität, das Verhältnis von Kunst und Leben, zwischenmenschliche Entfremdung, proletarisches Elend und die Großstadt Berlin kreisten. Zwar hatte er zunächst erfolgreich suggeriert, das Manuskript stamme von einem jungen Unbekannten namens Georg Fink, aber im Literaturbetrieb wurde bald hinter vorgehaltener Hand über Münzers Autorschaft getuschelt. Sein mit starken Effekten operierender Roman handelt von einem empfindsamen Jungen – die Mutter gebildet, aus deutsch-jüdischer Familie stammend, der Vater ein brutaler Prolet –, der zunächst das Glück hat, durch eine wohlhabende Bürgerfamilie eine gediegene Bildung zu bekommen, dann aber in das Herkunftsmilieu zwischen Wedding und Gesundbrunnen zurückgestoßen wird. Drastisch geschildert werden Misshandlung, Bettelei, Diebstahl, Kinderprostitution. Und immer wieder Hunger. Vor Weihnachten 1929 veröffentlicht, erzielte der Roman im Jahr darauf eine Auflage von 25 000 und mit einer verbilligten Volksausgabe erreichte er die 40 000. Überdies wurde er in 13 Sprachen übersetzt.

Dritter Hof links war bereits im Frühjahr 1929 herausgekommen. Im Mai, vier Wochen nach Erscheinen, schaltete der Verlag eine Anzeige im *Börsenblatt des Deutschen Buchhandels*, mit der er eine notwendig gewordene Neuauflage ankündigte und auf die „glänzenden Pressestimmen" hinwies. Mit der Nachauflage waren es dann schließlich 5 000 Exemplare, die bis 1930 verkauft wurden. Eine Annonce Ende Mai in der *Literarischen Welt* zitierte eine Reihe damals prominenter Stimmen, den Arbeiterdichter Heinrich Lersch zum Beispiel mit dem Satz: „Dieses Buch ist eine Tat, für uns alle getan." Oder Thomas Mann: „Günther Birkenfelds neues Werk ist eine ergreifend wahre Geschichte – bitter lebensvoll!" Die Kritiken waren tatsächlich wohlwollend, allerdings fast durchweg eingebunden in Sammelbesprechungen oder Grundsatzüberlegungen. Julius Levin stellte ihn in der *Literarischen Welt* am 31. Mai als „Ein Berliner Roman" vor und diskutierte, was zu einem spezifischen Berliner Roman nötig sei, damit dieser nicht nur „eine berlinisch kostümierte Abart" entweder des französischen oder des amerikanischen Romans ist. Er attestiert

Birkenfeld gute Voraussetzungen und „alle ehrliche Mühe“, moniert aber beispielsweise, dass der Berliner Dialekt seiner Figuren gelegentlich „ins Papierdeutsch“ übergehe. Anton Gantners Beitrag in der *Weltbühne* vom 22. Oktober war überschrieben mit „Mietshäuser im Roman“, und Alfred Kantorowicz behandelte ihn im Dezember-Heft der *Neuen Rundschau* in einem Aufsatz über „Zeitromane“, zusammen mit Büchern unter anderem von Arnolt Bronnen, Heinrich Hauser, Martin Andersen Nexö, Upton Sinclair und Hermann Stehr. Kantorowicz bescheinigte Birkenfeld, einen „Vorläufer für den großen sozialen Roman, der kommen muß“ geliefert zu haben, mehr eine „Skizze als einen sozialen Roman selbst“, „diese Skizze aber ist gut“. Anton Gantner monierte, dass der Roman zwar „mit karger und sezierender Schärfe treffsicher aber einäugig und voll Phantasie den sentimentalen Ablauf einer beinahe ganz arbeitslosen Familie“ aufzeige, jedoch die „objektive Einsicht in die Grundbedingungen dieser heutigen sozialen Not“ vermissen lasse, die für ihn aus der „kapitalistisch durchrationalisierten Gesellschaftsordnung gesetzmäßig erwachsen“. Heinz Stroh hingegen attestierte am 5. Mai 1930 in der *Berliner Börsen-Zeitung* unter dem Titel „Grauer Alltag“ in einer geradezu rhapsodischen Besprechung Birkenfeld, ein „Dichter“ zu sein. Zwar seien viel „derbe Sexualität und Erotik“ im Roman zu finden, „Folgen der Wohnungsnot, das ganze Milieu des Triebs und der Sehnsucht, alles aber, selbst bei größter Deutlichkeit, keusch und im tiefsten demütig erzählt“. Sein Fazit: „Günther Birkenfeld schuf Dichtung, ohne jemals in billige Tendenz zu fallen, auch in der Gestaltung.“ Er wisse derzeit keinen Besseren, der den Kleistpreis verdiene. (Ausgezeichnet wurde dann tatsächlich Alfred Brust, der 1933 das Treuegelöbnis deutscher Schriftsteller für Hitler unterschrieb.) Wilhelm Emanuel Süskind, vom Jahrgang 1901, Sohn eines Münchner Medizinalrats und aus dem Kreis um Klaus und Erika Mann, der 1930 einen Generationsroman mit dem schlicht-anspruchsvollen Titel *Jugend* veröffentlichen wird, konzedierte Birkenfeld im September-Heft von *Die Literatur*, er habe „etwas Schönes aufzuweisen: eine gute Schlichtheit des Erzählens“ und „vor allem Liebe zu seinen Gestalten“, habe aber einer „in der Luft liegend[n] Milieutendenz“ nachgegeben. Man ahne „fortgesetzt eine höhere Absicht“ und „empfängt einen Eindruck von Sentimentalität, beinahe von Gartenlaube“. Immerhin: „Er kann, wenn er das Glück hat, einmal ein sehr schönes Buch schreiben.“

Eine ganz eigene Würdigung erhielt der Autor durch Else Lasker-Schüler am 19. Januar 1930 im *Vorwärts*. Dort lieferte sie in der ihr eigenen exaltiert-enthusiastischen Weise ein Porträt von Birkenfeld. Den Roman charakterisierte sie mit etwas zwiespältigem Lob als „wundervollen melancholischen Edelschmöker“: „Er faßt den Demant der Armut in dichterisches Gold.“ Aber näher besprechen will sie ihn nicht: „Mir liegt nichts daran, die Inhalte seiner glänzenden Romane zu schildern, den Lesern die Erlebnisse und Geheimnisse vorwegzunehmen. Ich traue dem Publikum eigene Kritik zu. Mir wenigstens raubt jedwede Einführung in die Tiefe oder Leere eines Buches weiteres Interesse. Selbst lesen!“

Die englische Übersetzung des Romans durch Eric Sutton, der unter anderen auch Fallada, Kästner und Arnold Zweig übersetzt hat, erschien bereits 1930 im

Londoner Verlag Constable und dann im New Yorker Verlag Liveright unter dem Titel *A Room in Berlin*. Sie erlebte mehrere Auflagen, 1935, 1939 und sogar noch einmal 1941, im Krieg. Die Umschläge warben mit einer Rezension des *Observer*, der den Roman als „feine soziologische Studie ohne politische Verzerrungen" lobte, sowie mit der Aussage des Diplomaten und Schriftstellers Harold Nicolson, Birkenfeld habe „etwas Bemerkenswertes, ja Großartiges" hervorgebracht.

Wenden wir uns dem so gelobten Roman selbst noch ein wenig zu.

Sein Lektor Max Tau erinnerte sich an die Umstände der Aufnahme des *Dritten Hofs* ins Verlagsprogramm: „Er sah alles Unglück in der Vergangenheit, wollte mit allen Mitteln Fehler und Nöte bekämpfen, lebte mit den Arbeitern und hatte ein soziales Gewissen. Ich las seinen ersten Roman und war eigentlich mit allem einverstanden. Nur der Titel gefiel mir nicht. Birkenfeld schlug ‚Dritter Hof links' vor. ‚Der Titel schreit ja', schrie ich. Aber dann blieben wir doch dabei. Birkenfeld war damals Sekretär der Schriftstellervereinigung, er half den Jungen wie den Alten. Ich versprach ihm, sein Buch bei Cassirer schnell durchzusetzen; ich glaubte an seine Zukunft als Schriftsteller. Aber es war nicht leicht, schnelle Entscheidungen herbeizuführen. Ich verstand Birkenfelds Ungeduld und zog mit ihm ins Romanische Café, wo Bruno Cassirer fast täglich in der Nähe des Ausgangs mit Slevogt, Orlik und anderen Malern zusammensaß; beim Hinausgehen wollte ich mit Birkenfeld den Sondertisch ansteuern. Aber plötzlich fehlte mir der Mut. In meiner Verzweiflung sagte ich draußen: ‚Nun lade ich dich zum Abendessen ein, lieber Günther!' Er lachte.

Am nächsten Tag aber lud er mich ein, denn sein ‚Dritter Hof links', eine Schilderung der sozialen Zustände bei den Berliner Arbeitern, war angenommen. Das Buch erschien und hatte Erfolg. Berliner Spottvögel allerdings sagten, wenn der Autor irgendwo auftauchte, ‚Dritter Hof links, aber der Schlüssel hängt rechts.' Und sie behaupteten: ‚Der reiche Cassirer verlegt jetzt soziale Kämpfer.'"

Dritter Hof links war zweifellos nicht so spektakulär wie *Mich hungert*, schon, weil Birkenfeld nicht wie Fink die Authentizität suggerierende Ich-Perspektive wählte. Ersterer verfügte hingegen auktorial über seine Figuren, auch wenn der zu Beginn siebzehnjährige Paul, also ein Jahrzehnt jünger als sein Autor, am stärksten im Fokus steht. Auch ist er nicht ohne Drastik, zumal im Sexuellen: Inzest und Prostitution. Selbst wenn am Ende Paul nach einer „Revolution" aufschreit, ist es keine pauschale Anklage des Kapitalismus, die den Roman bewegt. Vielmehr schildert er die moralisch problematischen Verhältnisse als unmittelbare Folgen von Arbeitslosigkeit – Pauls Pendeln zwischen Langeweile und Frust, Flucht in Träumereien und letztlich zielloses sexuelles Begehren – und Wohnungselend, in dem es auch nicht den geringsten Raum des Rückzugs und der Intimsphäre gibt. Ein Drittes kommt hinzu: das Desinteresse und Unverständnis der wohlsituierten Bürger. Während Mutter Schwarzer sich rührend mitleidsvoll in die Familie des Rechnungsrats einfühlt, hat diese kaum Verständnis für deren Lage. Geradezu karikaturhaft ist dann der Schriftsteller, der das Liebes- und Aufmerksamkeitsbedürfnis des fünfzehnjährigen Lenchen ausnutzt, sie in kitschiger Poesie anschwärmt, dann aber kühl abserviert. Birkenfelds

Anklage richtet sich nach außen, nicht an seine Figuren, deren Handeln und Sinnen er eher neutral darstellt. Was ihn besonders interessiert, ist neben der Aus- und Aufstiegssehnsucht das, was man damals als ‚geistiges Ringen' bezeichnete, so in den Gesprächen von Paul und Emil, darin die zwar teilweise plakativen, aber aufschlussreichen Positionen von individueller Aufstiegsfantasie, Versuchen sozialmoralischen Bewusstwerdens, von Klassensolidarität wie Resignation und Fatalismus, die etwa in den Worten des Pförtners drastisch zum Ausdruck kommen. Während Birkenfeld mit dem eher athletischen Paul die Sphären der dubiosen Unterhaltung und der betrügerischen Geschäfte durchmustert, interessiert ihn am zarteren, empfindsamen Emil die von den Verhältnissen be- und verhinderte Sensitivität und künstlerische Kreativität. So ist der Roman trotz seiner sozialromantischen Einsprengsel und gelegentlichen Poetisierungen, trotz einiger Klischees und dem melodramatischen Kolportageschluss der verzweifelten Mutter, die den Gashahn aufdreht – was übrigens Ende desselben Jahres 1929 in Piel Jutzis Film *Mutter Krausens Fahrt ins Glück* in ähnlichem Milieu und ähnlicher Konstellation sich wiederholen wird –, letztlich authentischer als der Finks. Authentisch nicht nur im Milieu, sondern auch in der Weise, wie jemand es wahrnimmt, der nicht von ihm herkommt.

Die hier drastisch vorgestellte Sexualthematik wird – neben den Folgen illegaler Schwangerschaftsabbrüche – in den nächsten Jahren eine ganze Reihe von Werken beschäftigen, so etwa zeitgleich 1929 Bruno Vogels *Alf*, worin es um ein homosexuelles Coming-out geht, so 1931 Ernst Erich Noth in *Die Mietskaserne*, so Georg

K. Glaser 1932 mit *Schluckebier*. Zu denken wäre hier auch an Wilhelm Reichs engagierte kommunistische Aufklärungsschrift *Der sexuelle Kampf der Jugend* (1932), aber auch als – gewissermaßen Abwehr der Konzentration auf die sexuellen Adoleszenzkrisen – *Kämpfende Jugend*, der ebenfalls 1932 erschienene Roman des Jungkommunisten Walter Schönstedt. Ganz abgesehen von den zahlreichen autobiografisch motivierten Romanen aus bürgerlichem Milieu, wie Peter (de) Mendelssohns *Fertig mit Berlin?*, 1930 in Reclams Reihe *Junge Deutsche* erschienen, ebenfalls 1930 Martin Raschkes *Fieber der Zeit* sowie der schon erwähnte Roman *Jugend* von Wilhelm Emanuel Süskind. 1932 folgen Klaus Manns *Kind dieser Zeit* und Erik Graf Wickenburg bei Cassirer mit *Farben zu einer Kinderlandschaft*. Im selben Jahr 1932 neben Karl Aloys Schenzingers berüchtigtem *Hitlerjunge Quex*, wiederum aus dem proletarischen Milieu Berlins und aus der Alterskohorte von Paul aus dem *Dritten Hof links*, bei Cassirer Ernst Haffners *Jugend auf der Landstraße Berlin*, dessen Neuauflage unter dem Titel *Blutsbrüder* 2013 noch einmal Furore machte, sowie Albert Lamms *Betrogene Jugend. Aus einem Erwerbslosenheim*.

Zwischendrin hatten 1930 sowohl Kurt Münzer alias Georg Fink als auch Günther Birkenfeld einen weiteren Roman bei Cassirer veröffentlicht. Fink blieb mit *Hast du dich verlaufen?* im selben Milieu, konnte aber an den Erfolg von *Mich hungert* nicht mehr anknüpfen. Birkenfeld hingegen kehrte mit *Liebesferne*, dem ebenfalls kein sonderlicher Erfolg mehr beschieden war, zu jener Thematik zurück, die ihn in der Novelle *Andreas* schon bewegt hatte und die er in *Dritter Hof links* gewissermaßen ins proletarische Milieu verschoben, einerseits gesteigert, andererseits abgedämpft hatte: Liebe und Künstlertum.

Sowohl *Liebesferne* als auch *Dritter Hof links* wurden nach 1933 von den Nationalsozialisten auf die „Schwarze Liste" der unerwünschten und auszusondernden Bücher gesetzt. Birkenfeld konnte allerdings weiter schreiben, indem er sich – wie nicht wenige Autoren, die der NS-Diktatur ablehnend gegenüberstanden – auf das populäre Feld der historischen Biografien begab, mit seinem eingangs erwähnten *Augustus*-Roman von 1934. Der wurde 1943 unter dem Titel *Leben und Taten des Caesar Augustus* bei Neff als sogenannter Tatsachenroman neu aufgelegt. Sodann mit *Die Schwarze Kunst*, dem Gutenberg-Roman von 1936, aus dem parallel ein „Schauspiel in 12 Bildern" hervorging. Eine Neuauflage erschien dann 1939 bei Oldenbourg, nun als Tatsachenroman unter dem Titel *Johann Gutenberg. Sein Leben und seine Erfindung*. 1937 war bei der Deutschen Buch-Gemeinschaft zudem sein Roman *Die Versöhnung* herausgekommen. Darin ging Birkenfeld ebenfalls kein Risiko ein. Er siedelte nämlich, was auch andere sicherheitshalber machten, die Handlung am Vorabend des Ersten Weltkrieges an. Auch dieser Roman kreiste um eine problematische Liebesbeziehung, auch hier noch einmal die vermeintlich elementare Lust einer Frau, die sich hingibt wie „die gute Erde dem Sturm, dem berstenden, dem schmerzenden und segnenden", aber er erweitert nicht nur das Personenfeld über drei Generationen, sondern lässt auch noch den Vater sich für die Zukunft des Sohnes opfern.

Gewiss sind die beiden Tatsachenromane auch heute noch lesbar, die Liebes- und Künstlerleidenschaftsromane sind es wohl nicht mehr. Was aber neben dem mutigen und für die Freiheit engagierten Autor, was neben seinem monumentalen *Wolke, Orkan und Staub* Bestand hat, als authentisches Zeugnis seiner Zeit und der Stadt, die weit mehr und einiges anders waren als nur „Babylon Berlin", ist sein *Dritter Hof links*.

Prof. Dr. Erhard Schütz, 1946 geboren, ist Literaturwissenschaftler und Literaturkritiker, unter anderem für *Das Magazin*, den *Freitag* und den *Tagesspiegel*. Von 1996 bis 2011 war er Professor für Neuere deutsche Literatur an der Humboldt-Universität zu Berlin. Zahlreiche Veröffentlichungen zur Literatur- und Kulturgeschichte des 20. Jahrhunderts. Im Verlag für Berlin-Brandenburg hat er herausgegeben: *Wir können warten oder Der Roman Ullstein* von Stefan Großmann (2014), den Kollektivroman *Die verschlossene Tür* von Gabriele Tergit, Alfred Döblin u. a. (2015) und – gemeinsam mit Christian Jäger – *Deutschland von unten. Eine Reise durch die proletarische Provinz* von Alexander Stenbock-Fermor (2016). Zuletzt erschienen: (Hg.) *Glänzender Asphalt. Eine Stadtrundfahrt durch Groß-Berlin 1920–1933* (2020), (Hg.) *Surreal-Welten. Berlin in der Nachkriegsprosa* (2021), (Hg. zus. m. Christoph Links) *Das Sachbuch in der DDR* (2022).